『ロミオ&ジュリエット』

七五調訳シェイクスピア
シリーズ〈11〉

今西 薫
Kaoru Imanishi

風詠社

ロミオ役
(ヘンリー・エインリー)

まえがき

　七五調シリーズも一つ一つの積み重ねで No. 11 なりました。試行錯誤を続けてここまでやってきた過去 2 年の 10 作品の反省を踏まえて、これを機に新たな気持ちでシリーズに入ることに致しました。

　No. 10 までとの違う点は、シリーズ No. 6 の『間違いの喜劇』で日本語のギャグとは決別すると宣言したのですが、シェイクスピアの作品の意図を十分に汲んだ上での日本語のしゃれもシェイクスピアの本意に悖(もと)るものではないと思い、厳しい条件付きでわずかばかり復活させることに致しました。

　更には、どこまでできるのか自分でも分からないのですが、2023 年、近松没後 300 年記念と書かれてある大阪の国立文楽劇場に足しげく通い、竹本織太夫さまによる調子の良い音の流れとその絶妙な声音の強弱、絶妙なメリハリ、裏声などを耳で、脳で、体で、しっかり体感し、そして「心感」し、文楽風の古い語彙を所々に用いて、今後の七五調訳に生かせるように工夫致します。

　たまたま、『冥途の飛脚』の語りを演じられていた竹本千歳太夫さまが、「近松門左衛門の七五調は崩れることが多く、謡いにくい」と語られている文書を読み、私は自己呪縛のような重圧から逃れることができるようになりました。

　限られた時間しか残されていない私は、時間との戦いを余

儀なくされているにもかかわらず、今までは七五調を壊すことがないように極力努力し、そのために普通の日本語で訳す二倍以上、時には三倍ほども時間を使い訳出してまいりました。しかし、この太夫さまの発言に勇気を得て、今回から「七縛りとか／五縛り」を柔軟なものにすれば、今までよりも翻訳のスピードが加速し、ほとんど不可能と知りつつ全訳を目指していたのですが、それがひょっとしたら実現するのでは、と勇気付けられました。

　また、七五調で訳すと、簡潔に、リズム感良く、読みやすくなるはずなのですが、その主旨とは逆に、敬語を使わねばならない箇所や、どうあがいても七五調にすんなり収まらない箇所は、長ったらしい説明口調になってしまうという欠点がありました。このことは訳者としてとても不本意だったのですが、太夫さまが仰る「近松風」にすれば問題が解消されるような気がしています。

　重大な改正点のもう一つは日本語の問題にあります。常々、現代の日本語の「ひらがな化」に不快感を抱いている私は、シェイクスピアの全訳をされた「偉大」な大先輩が、「むやみやたらにかんじをなくしひらがなをくししてやくされていて」これでは、「よみにくいにもほどがある！　こんなシェイクスピアのほんやくのほんをしゅっぱんされていること」に疑問を感じ、私はできるだけ、難し過ぎる語は除き、書けなくても日本人として知っていてほしい語は漢字を使い、それにルビを打つことにしました。

まえがき

　学校の漢字の読み方のテストではないので、ルビを打った漢字が二度目で果たして読めるのか自分が読者の立場に立てば、とても無理だと思いますので、語の難易度によって2、3回同じ語にルビを打ってあります。くどいと思われた方には謝罪致します。

　私の母が教師であったので、子供の頃からなんとなく、自分も教師になると思っていました。中学生の後半の頃から少しは人間を見る目が育ってきて、教壇に立つ「先生」に対し、「こんな先生になりたい」、あるいは「こんな先生にだけは絶対にならない！」という気持ちを持って先生方と接していました。

　当時、分かるはずもなかったことですが、この「上」の先生と「下」の先生はそれぞれそれなりに、私には世の中のことを教えてくれた大切な方々だったと、高齢者になった今その有り難みが良く分かります。

　シェイクスピアのこの「大先輩」は、この「上」と「下」の両面を兼ね備えた偉大な方だと感謝しています。この「大先輩」はシェイクスピアに勝るとも劣らず駄洒落好きで、こんな学者／訳者がいらっしゃったのは、駄洒落しか得意分野がない私は青天の霹靂(へきれき)でした。

　シェイクスピアは、種本はあるにしてもそれをはるかに凌(しの)ぐ名作に仕立てあげる卓越した創作力があり、彼の英語の美しい流れなど私には日本語でとても真似のできることではありません。真似ができるのは、駄洒落作りぐらいと、七五調

訳に慣れてきたシリーズ２の『マクベス』からシリーズ５の『ハムレット』あたりまで、シェイクスピアが書いていないしゃれやジョークを、（特に団塊の世代の方々の）日本の読者には良く分かる面白いジョークを、織り交ぜて「シェイクスピア＆私」という他の誰も真似のできないシェイクスピア訳にしようと工夫を凝らしていました。

ところが、シリーズ No.6 の『間違いの喜劇』に至って、参考にさせて頂いたこの「大先輩」の日本語訳が、喜劇作品であることが大きく影響を及ぼしているのに違いありませんが、シェイクスピアが書いていないことをつらつらと書き連ね、筋立てを面白可笑しくするために、日本語で頭韻を踏ませ、日本語にもなっていない言葉でこじつけのギャグを連発し、それも日本の読者にシェイクスピアの作品は下品で下劣なものに思わせるほど猥褻(わいせつ)なものにし（シェイクスピアの作品には裏の意味でそうした暗示は事欠かないのですが）、本来裏の意味である内容を表に出して訳してはならないことを訳し出し、こんな訳では偉大なるシェイクスピアの品性が疑われるのではと懐疑の念が「ムカムカ！」（憤りの念）と湧き起こったのです。

この時点で、私はシェイクスピアを擁護したくなったのです。その「偉大な先輩」のシェイクスピア訳が数多くの劇場で上演されていると知った私は、自分の愚かさを再認識させられたのです。

そういう訳(わけ)で、シリーズ No.6 から No.10 までは自分の

ギャグをシェイクスピアの中に入れるのを原則禁止することにしたのです（シェイクスピアがしゃれを入れているところは、できるだけ日本語でしゃれにしようとはしておりましたが…）。

　こういうことで、この大先輩は「上」と「下」の両面で私に大きな影響を与えてくださり、感謝せざるを得ません。大先輩の訳は、シェイクスピアの英語作品とは違うものだと思えば、素晴らしい作品なのですから、日本の読者は結構楽しめるものだと思っております。

　日本にて　近松の　音の流れに　魅せられて
　英国で　シェイクスピアの　詩的リズムに　魅了され
　創りあげたは　大文豪への　オマージュですが
　ところが　それを　ご賞味頂き、その結論が
　おかしな味で　お気に召さぬと　言われるのなら
　この紙面にて　まず先に　お詫び申して　おきましょう。

　　　　　　　　　　　　　　　　　　　　　　今西　薫

目次

まえがき	3
登場人物	10
プロローグ1	11
第1幕　第1場　ヴェローナ　公共の広場	12
第2場　路上	29
第3場　キャピュレット家の一室	36
第4場　路上	43
第5場　キャピュレット家の大広間	50
プロローグ2	61
第2幕　第1場　キャピュレット家の壁際の路上	62
第2場　キャピュレット家の庭園	65
第3場　修道士ロレンスの小部屋	78
第4場　路上	84
第5場　キャピュレット家の庭園	99
第6場　修道士ロレンスの小部屋	104
第3幕　第1場　路上	107
第2場　キャピュレット家の庭園	121

	第3場	修道士ロレンスの小部屋	131
	第4場	キャピュレット家の一室	142
	第5場	キャピュレット家の庭園	144
第4幕	第1場	修道士ロレンスの小部屋	161
	第2場	キャピュレット家の大広間	168
	第3場	ジュリエットの部屋	172
	第4場	キャピュレット家の大広間	175
	第5場	ジュリエットの部屋	178
第5幕	第1場	路上	189
	第2場	修道士ロレンスの小部屋	194
	第3場	キャピュレット家の霊廟がある墓地	196

あとがき　　　　　　　　　　　　　　　　　　　　218

登場人物

大公　　　　　　　（ヴェローナの領主）
パリス　　　　　　青年貴族　大公の親族
モンタギュー　　　モンタギュー家の家長
モンタギュー夫人　モンタギューの妻
ロミオ　　　　　　モンタギューの一人息子
マキューショ　　　ロミオの親友　大公の親族
ベンヴォリオ　　　モンタギューの甥　ロミオの友人
エイブラハム　　　モンタギュー家の召使い
バルサザー　　　　ロミオの従者
キャピュレット　　キャピュレット家の家長
キャピュレット夫人　キャピュレットの妻
キャピュレット２　キャピュレット一族の老人
ジュリエット　　　キャピュレットの一人娘
ティボルト　　　　キャピュレット夫人の甥
乳母　　　　　　　ジュリエットの乳母
ピーター　　　　　乳母の召使い
サムプスン／グレゴリー　キャピュレット家の家臣
ロレンス　　　　　フランシスコ派の修道士
ジョン　　　　　　同じ宗派の修道士

演奏家達　パリスの従者　他の従者達　警吏（1、2、3）薬屋
召使い（1、2）市民達　両家の親族　舞踏会の客達
プロローグの語りの者

場面　　　　ヴェローナ　マンチュア

プロローグ 1[1]

語りの者

　麗しの ヴェローナ[2]は ここでして

　権勢誇る 二つの名家 ございます

　そこが舞台と なるのでして

　古き因縁 新たなる 騒動を 引き起こします

　血で血を洗う 事態にと 発展したり

　両親が 敵同士と

　不幸な星の 下(もと)に生まれた 恋人二人

　死をもって 親の諍(いさか)い 終わらせるという

　恋の道行 その道中と 両親の 憤(いきどお)りなど

　２時間の 舞台一つに まとめあげ

　ご不興を 託(かこ)つこと なきように 役者など

　精を出し 舞台しっかり 務めあげ

　どうかここにて ご清聴 宜しく 願い 奉(たてまつ)る

　どうかしばらく ご高覧 宜しく 願い 奉る

1　このプロローグはソネット形式と呼ばれる14行詩で作られている。1行置きに同じ韻を踏んでいて、最後の２行だけはその２行で同じ脚韻になっているもの。それを日本語訳でも試みた。

2　イタリア北部にある都市。そこにある中庭を見下ろせるバルコニーがある14世紀の邸宅が「ジュリエットの家」だとされている。

第 1 幕

第 1 場

ヴェローナ　公共の広場

(剣と盾を持ったキャピュレット家のサンプスン、
グレゴリー 登場)

サンプスン
　グレゴリーよ キャピュレット家に 炭か泥
　塗られるような ことなんか しないでおこう
グレゴリー
　がってんだ そんなことすりゃ 炭鉱夫かと 思われる
サンプスン
　俺が言うのは「かんしゃく玉[3]」を 投げられりゃ 投げ返す
　剣を抜くと いうことだ
グレゴリー
　その通り 首なんか 襟首からは だしておくのが
　身だしなみ

3　原典 "bile"「胆汁」。裏の意味「かんしゃく/不機嫌」。

剣は柄から 出さないと
サンプスン
挑発されりゃ 打って出る
グレゴリー
だがおまえ そう簡単に チョウハツされると 思えない[4]
サンプスン
モンタギュー家の 犬が目に
入っただけで カッとする[5]
グレゴリー
カットだけなら ケガはしないし
毛がしなり 立たなくなると いうことだ
男としての 勇敢さ ここというとき 受けて立つこと
おまえなんかは いざというとき 逃げ出すだろう…
サンプスン
あの家の 犬だって 見逃すわけに いかないからな
モンタギュー家の 人間ならば
男でも 女でも 道を譲りは しないから
グレゴリー
だからおまえは 軟弱なんだ
通せん坊など 子供の遊び 壁でもできる
サンプスン

---
4 訳者 (Ys.) のしゃれ「挑発／長髪」。次の行の「カッと／カット」「怪我」に繋がる。「毛が」と「怪我」。
5 「急に怒る／髪を切る」。

おまえの話 一理ある

　　「汝の名 女なり」弱き女は 壁に押しつけ

　　男なら 壁ごとみんな 叩き壊して やるからな

グレゴリー

　　主人同士の 諍(いさか)いで 家来同士の いがみ合い

サンプスン

　　それ 同じこと この俺が 英雄である 証明を してみせる

　　男ども やっつけた後 女どもは 残酷に 首を斬る

グレゴリー

　　女の首を？

サンプスン

　　そう 女の命 要するに 女の操

　　言わなくても 分かるよな

グレゴリー

　　女なら 言わなくっても 感じるはずだ

サンプスン

　　女ども 俺が獲物(えもの)を 見つけたと 思うだろうよ

　　俺を見ろ 鍛えあげたる 人間だ

グレゴリー

　　魚でなくて 良かったな 魚なら できそこないの 鱈(たら)だろう

　　剣を抜け モンタギュー家の 者達二人 やって来た

サンプスン

　　俺の剣 鞘(さや)から 出たぞ

　　喧嘩なら 後ろ盾には なってやる

グレゴリー

 何だって?! 後ろを向いて 逃げるのか?

サンプスン

 俺のことなら 心配なんか 要らねえからな

グレゴリー

 心配なんか するわけないよ
 おまえのことが 信じられんな

サンプスン

 法律を 味方にしよう
 あいつらに 先に手出しを させるんだ

グレゴリー

 通りすがりに しかめっ面(つら)を してやろう
 どう受け取るか 相手次第だ

サンプスン

 いや 奴らには そんな度胸は ないはずだ
 この俺は 親指を 噛んでみる[6]
 それなんか 見過ごすようじゃ 奴らなど 恥曝(さら)し

(エイブラハム、バルサザー 登場)

エイブラハム

 俺達に 対してか 親指を 噛んでいるのは?!

---
6 他人をバカにするときの仕草。

サンプスン
　親指を 噛んでるだけさ
エイブラハム
　俺達に 向かってなのか？
サンプスン
　〈グレゴリーに傍白〉そうだと言えば
　法律上で ヤバいのか？
グレゴリー
　ヤバいよな
サンプスン
　おまえらに やってるのでは ないからな
　一人勝手に 噛んでいる
グレゴリー
　喧嘩など 吹っ掛けるのか?!
エイブラハム
　喧嘩だと?! とんでもないよ
サンプスン
　喧嘩するなら 相手になって やるからな
　俺はおまえの 主人になんか 負けないほどの
　立派な主人に 仕えてる
エイブラハム
　負けないほどじゃ ないはずだ
サンプスン
　それはどうだか…

(ベンヴォリオ 登場)

グレゴリー
〈サンプスンに傍白〉「勝つ」と言え！
ほらあそこ 俺達の ご主人の 身内の人が やって来る
サンプスン
勝つほどだ
エイブラハム
嘘をつくなよ！
サンプスン
男なら 剣を抜け！ グレゴリーよ 一撃で 倒してしまえ！
(彼らは闘う)
ベンヴォリオ
引け！ 馬鹿者め！
(彼らの剣を払って) 剣を収めろ
自分らの していることが 分かってるのか⁉

(ティボルト 登場)

ティボルト
こんな者らに 剣を抜き 何をしている⁉
振り向いて 死を覚悟しろ！
ベンヴォリオ

仲裁しようと していただけだ 剣を収めろ
　　それが嫌なら この仲裁に 手を貸せよ
ティボルト
　　剣を抜き 和平交渉?! 俺は言葉を 信じない
　　地獄とか モンタギューとか おまえとかを
　　信じないのと 同じこと
　　この剣を 受けてみろ 臆病者め！

（警吏 棍棒やパルチザン[7]を持った3、4人の市民 登場）

警吏
　　棍棒！ 槍だ！ パルチザン[8]！
　　それを使って やっつけろ！
市民達
　　キャピュレットを 叩きのめして
　　モンタギューを 潰してしまえ！

（ガウンを着たキャピュレット、その夫人 登場）

キャピュレット

---

[7] 16〜17世紀にヨーロッパで使われた長い柄の穂先に鋭い槍が付いていて、付け根には左右に角（つの）の形の補助槍が付いている武器。
[8] 原典 "bill" 農耕具から発展した長槍の一つ。中世期には頻繁に使われていた。

なんの騒ぎだ?! わし専用の 長い剣 持って来い

キャピュレット夫人

杖でしょう 杖ですわ！ なぜ剣などが 必要ですの？

キャピュレット

わしの剣だと 言ったであろう！

年老いた モンタギュー

このわしを 嘲るように 剣を振り やって来た

(モンタギュー、その夫人 登場)

モンタギュー

この悪党の キャピュレット！

〈夫人に〉 手を放せ！ 動きが取れぬ

モンタギュー夫人

敵に向かって 一歩たりとも 進んでは なりません

(大公、従者達 登場)

大公

喧嘩早くて 平和を乱す おまえ達

隣人の血で 剣を冒涜 する輩 よく聞くがよい

おまえ達 人間か 野獣なのか?!

忌まわしい 怒りの炎 消すために

自らの 鮮血の 泉をもって 為そうとするか⁉

刑罰を 避けたいのなら 血塗られた手に 握られた
鍛え損ねた 剣を地面に 投げ捨てて
怒る大公 このわしの 宣告を 聞くがよい
たわいない 言葉から
モンタギュー家と キャピュレット家と
三度に渡る 喧嘩をし
三度に渡り ヴェローナの 町の平和を 乱したな
厳かな 装飾品と 見えた物 持ち出して
両家の古い 憎しみを 壊そうと
老人までも パルチザン 振り回す ことになったぞ
もう一度 町に騒乱 起こしたならば
その罪は 命をもって 償わせるぞ
この度は 皆の者 立ち去るがよい
キャピュレット おまえはわしに 付いて来なさい
モンタギュー 昼過ぎに 来るのだぞ
この件に 関しての わしの意志 伝えるからな
出頭の場は フリータウンの 法廷だ
では もう一度言う 命惜しくば 立ち去るがよい！
（モンタギュー夫妻、ベンヴォリオ以外、一同 退場）

モンタギュー

古傷に 新たな傷を 付けたのは 誰なのだ？
ベンヴォリオ 争いが 始まった 最初から
おまえは この場に いたのかい？

ベンヴォリオ

私がここに 来たときすでに
　　敵と我らの 両家の者が 斬り合って おりました
　　そこで私は 剣を抜き
　　両者を 離そうと していたときに
　　血気盛んな ティボルトが 剣を抜き
　　私の耳に 喧嘩など 吹っ掛ける 言葉を吐き
　　あちらこちらと 剣を振り 風を切っては いましたが
　　風は無傷で シィッシィッと 嘲るばかり
　　我々が 突いたり 打ったり していた間
　　多くの人が これに加わり 小競り合いに なっていた
　　そのときに 大公が 現れて 両者を二手に 分けられました

モンタギュー夫人

　　ああ 今は ロミオはどこに？
　　あの子の姿 見掛けましたか？
　　この騒動に 巻き込まれなくて 良かったわ

ベンヴォリオ

　　叔母さま 荘厳な 太陽が 東の空の 黄金色の
　　窓から顔を 覗かせる 1 時間前
　　悩みがあって あてどなく 散策を しておりますと
　　城壁の 傍から西に 広がっている
　　プラタナスの 木陰の中を
　　ロミオが一人 歩いてるのを 見掛けたのです

9　花言葉は「好奇心」。

彼の方へと 近づくと 僕に気が付き
森の奥へと 姿を消して しまったのです
私の気持ちと 彼とのを 比較して
悩めるときは 一人でいたい そう考えて
彼を追わずに 自分の気持ちに 従ったのです
私のことを 避けようとした 友のこと 避けてあげるの
友として 為すべきことと 思ってのこと

モンタギュー

しばしば朝に 息子はそこで 目撃されて いるようだ
話によると 涙を流し 新鮮な 朝露を 増やしつつ
溜め息ついて 朝靄(もや)を 濃くしてるとか
だが 溌溂(はつらつ)とした 太陽が 東の彼方(かなた)
オーロラの ベッドから 厚いカーテン 引き開けたなら
光を避けて とぼとぼと 隠れるように 自室に帰り
閉じこもり 窓を閉め 明るい光 遮断して
人工的な 夜の暮らしを しておるのだが
このような 気分でいれば
不吉であって 由々(ゆゆ)しいことが 起こるだろうよ
その原因を 取り除くには 良き助言 必要だ

ベンヴォリオ

叔父さま 原因を ご存知ですか?

---

10 ローマ神話。暁の女神アウロラから名前が取られていて、名づけ親はガリレオ・ガリレイとも言われている。オーロラは夜明けの女神で、知性溢れる創造性の光が到来するという「時」のシンボル。

モンタギュー

　いや 知らぬ わけが分からぬ

ベンヴォリオ

　聞き出そうとは しないのですか？

モンタギュー

　わしもやったし 多くの友も 試みた
　だが あれの 相談役は あれ自身
　信頼に足る 相談役かは 疑問だが
　自分の殻に 閉じこもり 秘密厳守を 貫いている
　だから内実 分からずじまい
　香(かぐわ)しい 花を大きく 大地に開き
　その美しさ 太陽に 捧げる前に
　害虫に 食われてしまう 蕾(つぼみ)のようだ
　悲しさの 原因を 突き止めたなら
　治療など 施すことも できるのだがな …

ベンヴォリオ

　あそこに ロミオ やって来ました
　どうか向こうへ 行ってください
　拒否されるのを 覚悟して 原因を 聞いてみましょう

モンタギュー

　では ここにいて 本当のこと 聞き出してくれ
　ベンヴォリオに 任せることに
　さあ行こう （モンタギュー夫妻 退場）

(ロミオ 登場)

ベンヴォリオ
　おはよう ロミオ
ロミオ
　まだ朝なのか？
ベンヴォリオ
　9時になった ばかりだよ
ロミオ
　なんてこと！ 悲しい時間 過ぎるの遅い
　足早に 立ち去ったのは 父上なのか？
ベンヴォリオ
　その通り 君の時間の 過ぎるのを 遅くする
　原因は 何なのか？
ロミオ
　速くする ものなんか ないからだ
ベンヴォリオ
　恋愛のこと？
ロミオ
　失くしたことだ
ベンヴォリオ
　失恋か？
ロミオ
　恋する人に 見向きもされず…

第 1 幕

ベンヴォリオ

　ああ 恋の使者 見掛けだけ 優しいが
　実際は 横暴で 乱暴だ

ロミオ

　そうなんだよな キューピッド 目隠しを
　していても 小路でも 我が道をゆく
　ところで どこで 食事をしよう?
　ああ そうだ! 喧嘩騒動 あったんだよな
　そのことは 言わなくていい もうみんな 聞いたから
　憎しみにより 多くのことが 起こってる
　でも 恋により 更に多くの 問題が 起こるのだ
　争う恋や 恋により 憎しみあって …
　ああ どんなものでも 最初は無から 生じるんだよ
　些細なことを 重く受け止め 空虚なことに 真剣になる
　外見だけは 整っていても 内実は 奇形のカオス[11]
　鉛の羽根や 晴れやかな 煙など 冷たい炎 病的な 健全さ
　覚醒時の 睡眠などは 有って無いもの!
　僕が感じる こんな恋 ここには 愛は 存在しない
　笑えるだろう

ベンヴォリオ

　いえ 泣きますね

ロミオ

11　ギリシャ神話。「原始混沌の神」。「愚かさ／儚(はかな)さ」の象徴。

どうしてなんだ？
ベンヴォリオ
抑圧された 君の心を 思ってのこと
ロミオ
そんなもの 友情の 逸脱行為
僕の悲しみ それだけで この胸は 潰れそう
それなのに 悲しみという 君の同情 上乗せしたら
重過ぎて 本当に この僕は 潰れてしまう
恋なんて 溜め息の 蒸気から 立ち昇る 煙なんだよ
煙 消えれば 恋する者の 目には輝く 炎が見えて
煙の行く手 塞がれたなら
恋する者の 涙によって 海の潮 高くなる
他に理由は あるのかい？ 思慮分別を 弁えた 狂気とか
息詰まる 苦痛とか 神が人など 守る優しさ … では またな
ベンヴォリオ
ちょっと待つのだ こんな形で 置き去りは いけないぞ
ロミオ
うるさいな 僕は自分を 見失い
僕はここには いないのだから
僕はロミオじゃ ないんだよ ロミオはどこか 他の所だ
ベンヴォリオ
真面目な話 恋する相手は 誰なんだ
ロミオ
何だって?! うめき声あげ 君に話せと？

ベンヴォリオ

　うめき声?! どうしてなんだ？ そんなこと 言ってない

　正直に 誰なのか 言ってくれ

ロミオ

　病人に 真面目になって 遺書を書くよう 命令するか？

　体が悪い 病人に 悪い言葉で せっつくか⁉

　実を言うなら 恋する相手は 女性なんだよ

ベンヴォリオ

　君が恋に 落ちたんだから 女性だろうよ

　俺の勘 当たったと いうことだ

ロミオ

　大当たり！ 恋する女性 美人なんだよ

ベンヴォリオ

　簡単な 標的だ 誰にでも 当たるもの

ロミオ

　ところがだ 君の推測 的外れ

　キューピッド 放つ矢も 当たらない

　彼女には ダイアナ[12]の 知恵があり

　貞節という 固い防備に 包まれている

　子供の弓から 放たれる 軟弱な 愛の矢などは 貫けず

　愛の言葉で 包囲したって 陥落しない

　愛を迫る 眼差しも 撃破する

12　ローマ神話。狩猟と月の女神で、女性の守護神。

聖者さえ 誘惑できる 黄金も びくともしない
ああ！ 彼女にある 美の宝 彼女が死ねば それでお終い
宝 無くなり 美は消える

ベンヴォリオ

それじゃ生涯 独身でいる つもりなのかい？

ロミオ

そうなんだ 出し惜しみ 使い惜しんで 無駄遣い
美を拘束し 監禁すれば 枯れ果てる 美の子孫 生まれ来ず
あの人は 美し過ぎて 賢過ぎ 賢明さも 美的過ぎ
この僕を 絶望させて
本当の 幸せを 味わうことが できないんだよ
あの人は 恋などしないと 誓ったのだよ
その誓い あるために この僕は ただそれを 語るのに
生きているだけ 死んだも同じ

ベンヴォリオ

俺の言うこと 聞けばいい 彼女のことを 忘れろよ

ロミオ

どうしたら 忘れられるか それが知りたい

ベンヴォリオ

君の目に 自由を与え 他の美人を 捜すのだ

ロミオ

そんなこと したならば あの人の 美しさ
より鮮明に 引き立てるだけ
仮面をつけた 舞踏会 仮面をつけた 男が一人

仮面をつけた 女性の額に キスをする
　　その仮面 黒いが故に
　　内に隠れた 美しい 白い肌 思わせる
　　急に視力を 失った者 視力の価値を 忘れはしない
　　美しい 女性など 見せてくれても
　　それを見て 読み取ることは
　　それ以上 美しい 女性がいると いうことだ
　　では ここで別れよう 忘れることなど できないよ

ベンヴォリオ
　　そのやり方は 教えよう それができなきゃ 面目が 丸潰れ
　　（二人 退場）

第2場

路上

（キャピュレット、パリス、召使い1 登場）

キャピュレット
　　しかしだな モンタギューさえ わしと同様
　　お咎めを 受けたのだ
　　わしらのような 年寄りに 争いを やめるのは
　　難しい ことではないが…

パリス

お互いに 名声誇る 家柄なのに
これほど長く 犬猿の仲 嘆かわしいと 思っています
さて それはともかく 私の願い
どうなって いるのでしょうか?

キャピュレット

以前にも 申した通り 娘は未だ 世間知らずで
14歳にも なってはおらず
もう二夏は 過ぎないと 花嫁と なるのには 若過ぎますな

パリス

彼女より 若くして 幸せな 母親に なる娘 いますよね

キャピュレット

早く結婚 した者は 早熟の 者達だ
ジュリエット 以外の子らは もうみんな 土に還(かえ)った
あの娘(こ)だけが わしに残った 心の支え
だが パリス殿 求婚し 娘(むすめ)の心 掴(つか)んだら良い
わしの同意は 取るに足らずだ
あの娘さえ 同意したなら 喜んで 賛同致す
恒例の 宴会を 今宵にわしは 開くのだ
そこに多くの 親しい人を 招いているから
どうかあなたも お越しください
一人増え 数が増えるの 大歓迎だ
不毛の我が家 楽しい宴(うたげ)が 待っている
大地を歩む 「星たち」が 夜空を照らす
遅い歩みの 冬が去り 華やかな 四月が来ると

花の蕾の 女性らが やって来て 陽気な若者 心が弾む
よく見 よく聞き 最も高い 価値のある 女性を見つけ
恋すればいい
大勢の 女性を見れば その中に うちの娘も いるでしょう
見る価値も あるなどと 思えませんが…
さあ 行きましょう
(召使いに紙を手渡し)
ヴェローナの 美しい街 歩き回って
ここに書かれた 人達を 見つけ出し
「どうか我が家に お越しください」と 告げるのだ
(キャピュレット、パリス 退場)

召使い1

ここに書かれた 人達を 見つけ出せって?!
「靴屋はメジャーで 仕立屋は 靴型で
漁師は絵筆で 絵描きは網で」
そんなことでも 書かれているに 違いない
ここに書かれた 名前の人を 見つけてこいと 言われても
読めねえんだし 誰が誰だか 分かるわけねえ
学のある人 見つけねえなら どうにもならん
ああ ちょうどいい

(ベンヴォリオ、ロミオ 登場)

ベンヴォリオ

イラつくな! ロミオ
火なんてものは 別の火で 消え去るものだ
痛みなど 別の痛みで 収まるだろう
目が回ったら 逆方向に 回って治す
絶望的な 悲しみも 別の苦悩で 忘れ去る
君の目を 新しい 感染症に 罹(かか)らせる
そうすると 古い毒など 死に絶える

ロミオ

君の薬草[13] 効き目があると 思えるな

ベンヴォリオ

何に効き目が あるんだい?

ロミオ

折れてしまった 向こう脛(ずね)の 君の骨

ベンヴォリオ

どうかしたのか? 気が触れたのか?!

ロミオ

狂ったわけじゃ ないけれど
狂人以上に 拘束されて いるからな
牢獄に 入れられて 食べ物もなく
鞭(むち)打たれ 拷問(ごうもん)に 掛けられて それで

13　原典 "plantain"「オオバコ」。釈迦の弟子の一人が良薬であるオオバコを車の前に植えて食したので、「車前草」と呼ばれている。日本では、「ガエルッパ」と呼ばれる地方もある。死んでいるカエルもオオバコの葉を被せておくと蘇生すると言われている。

— やあ こんにちは
召使い1
　　こんにちは お尋ねですが 旦那さま 読めるんですか？
ロミオ
　　悲惨な中の 自分自身の 運命ならね
召使い1
　　そんなもの 本などは 何もなくても 読めますね
　　でも ですね 見た物は 読めますか？
ロミオ
　　ああ 読める 文字と言語が 分かったら
召使い1
　　正直な お方だね では これで
　　（立ち去ろうとする）
ロミオ
　　おい ちょっと待て 読めるんだから
　　「マルティーノ 閣下夫妻と ご令嬢方
　　アンセルム伯爵と 美しい 姉妹達
　　寡婦である ヴィトゥルヴィオさま
　　プラセンティオ 閣下と 姪御さま方
　　マキューショと 弟の ヴァレンタイン
　　叔父上の キャピュレット その妻と 娘達
　　美しい姪 ロザライン その他に リヴァイア
　　ヴァレンシオ閣下と その甥の ティボルトと ルチオ
　　最後には 陽気なヘレナ」

豪華キャストだ どこで集まる？
召使い1
あっちのほうで
ロミオ
どこなんだ!?
召使い1
ディナー・パーティー 我が館にて
ロミオ
誰の館だ？
召使い1
ご主人の
ロミオ
ごもっとも それを最初に 聞くべきだった
召使い1
開かれる前に 教えます
ご主人は 大富豪 キャピュレットさま
旦那がもしも モンタギュー家の 人でないなら
ワインでも 一杯飲みに いらっしゃいませ
では これで （退場）
ベンヴォリオ
キャピュレット家の 恒例の ディナー・パーティー
君が愛する ロザライン 登場だ
ヴェローナ中の 美人がみんな 勢揃い
行けばいい 先入観を 持たないで

彼女の顔と 俺が教える 他の女性と
比べてみれば 分かること
君の白鳥 カラスに見えて くるだろう

ロミオ

堅く信じた 僕の目が そんな虚偽を 働くのなら
涙など 火になればいい
涙に溺れ 死なない者は
明らかに 異端者で 虚偽の罪にて 焼かれればいい
僕が恋する 女性より 美しい 人だって！
すべてを見てる 太陽だって この世界 誕生以来
あれほどの 美人など 見たことも ないはずだ

ベンヴォリオ

馬鹿じゃない?! 美人だと 君が思った そのときに
傍(そば)には他の 女性など いなかったから
両方の目を スケールにし 彼女の美 量ったならば
スケールは 傾いたりは しないもの
このパーティーで 君の女性と 輝ける 女性とを
偏りのない 秤(はかり)の目がある スケールに 載せたなら
今はベストと 思ってる 女性さえ
そうは見えなく なるだろう

ロミオ

行ってはみるが 彼女が光り 輝くの
目にするだけで 歓喜して 君の言う そんな光景
見ることはない （二人 退場）

第3場

キャピュレット家の一室

(キャピュレット夫人、乳母 登場)

キャピュレット夫人

　娘はどこか 分かります? 娘をここへ 呼んでください

乳母

　幼い頃の 私にあった 清純さに懸け
　何度もお呼び しましたが…
　子羊よ! テントウ虫よ! なんてこと!
　あの娘は 一体 どこなのでしょう?
　ジュリエットさま!

(ジュリエット 登場)

ジュリエット

　何かあったの? 呼んでるの 誰かしら?

乳母

　お母さまです

ジュリエット

　お母さま 何のご用で?

キャピュレット夫人

お話が あるのです あなたは ちょっと
　　席をはずして いてもらえます？　内密の 話ですから
　　いえ やっぱり 戻っておいで
　　あなたにも この話 聞いてもらった ほうがいい
　　知っているわね 娘はすでに 年頃よ

乳母

　　そうですね お嬢さまの 年を言うなら
　　年月だけじゃ なくっても 詳細に 時間まで 言えますわ

キャピュレット夫人

　　今はまだ 14 歳に なってませんよ

乳母

　　私の歯 14 本に懸け— その 10 本の 話は別に
　　残ってる歯は 4 本だけで—
　　お嬢さま 14 歳に なってられない
　　収穫祭は 何日先で？[14]

キャピュレット夫人

　　2 週間 余りです

乳母

　　奇数日で あったとしても 偶数日でも
　　一年の どれかの日 収穫祭の イブの夜
　　お嬢さま 14 歳で…
　　スーザンと お嬢さま— すべての人の 命には

14　イングランドでは 8 月 1 日。

神様の 祝福を―― 同い年
そう スーザンは 神に召されて
私には でき過ぎた 子でしたから
でも 言った通りで 収穫祭の イブの日は
本当に お嬢さまの 14歳の 誕生日
覚えています はっきりと 11年前の 大地震
お嬢さまを 乳離れ させようとし
―― 忘れもしない―― あの年の ちょうどあの日に
ニガヨモギ[15] 私の胸に 塗りながら
鳩小屋の 壁ぎわに 座ってじっと
日向ぼっこを してました
ご主人と 奥さまは マンチュアに お出掛けで
はっきりと 覚えてますよ お嬢さま
私の乳首に 口をつけ 苦かったので 機嫌を損ね
胸から顔を 背(そむ)けたまさに そのときに
鳩小屋が ガタガタと 揺れ出したので
重い腰上げ 逃げ出しました
そのときからは 11年に なるのですから
その頃に お嬢さま 立ち上がり 始めた頃で
神に誓って 本当ですよ
お嬢さま よちよち歩き 始められ
その前日は 転んでおでこ 打ってしまって

---

15 苦みがあり、薬草として用いられる。

うちの主人が— 神様の お恵みが あの人に
　　ありますように あの人は 陽気な人で—
　　お嬢さまを 抱きあげて 言った言葉が
　　「顔から転(こ)けて しまったのかい
　　ジュール 大きくなって 賢くなれば
　　お尻から 転けるんですよ」
　　そうしたら お嬢さま 泣き止んで
　　「うん」と言われた
　　そのような 笑いの種が 花咲くように なるなんて
　　１千年も 生きたとしても そのときのこと 忘れませんよ
　　主人が「ジュール 分かったね」
　　そうしたら お嬢さま「うん」ですからね

キャピュレット夫人

　　もういいわ 黙っていて くれません？

乳母

　　はい 分かりましたわ
　　でも 泣き止んで「うん」だけは 思い出す度(たび) 笑えます
　　ひどく打った おでこには 雄鶏(おんどり)の 睾丸(こうがん)ほどの こぶができ
　　「え〜ん え〜ん」と 泣き続けてた お嬢さま
　　うちの主人が「顔から転けて しまったのかい
　　大きくなって 賢くなれば お尻から 転けるのですよ」
　　そう言うと お嬢さま 泣き止んで「うん」ですからね

ジュリエット

　　婆や もうやめて お願いだから

乳母

　もうやめますよ　神様の　祝福が　ありますように
　お嬢さまは　私が乳母と　なった中では
　飛び抜けて　可愛かった　赤ちゃんだから
　そのお嬢さま　ご結婚　されるのを
　見られたならば　本望ですね

キャピュレット夫人

　その結婚の　話なのです　私がここに　来た理由
　ねえ　ジュリエット　結婚のこと　どう考えて　いるのです？

ジュリエット

　そんな話は　夢のよう　考えたことは　ありません

乳母

　夢だって?!　私のお乳　飲んで育って
　夢が実現　しないことなど　ありません

キャピュレット夫人

　そうですよ　そのことを　考えたって　いい年頃よ
　ここヴェローナで　あなたより　若い良家の　娘さん
　母親に　なってます
　私にしても　あなたの年に　あなたを産んで　いましたわ
　手短に　言うならば　ご立派な　パリス伯爵
　あなたを是非に　もらいたい　そう仰るの

乳母

　お嬢さま　最高の　男性ですよ　世界でも　稀な方
　あの方は　男性の　理想像

キャピュレット夫人

　ヴェローナの 夏でさえ 彼ほどの華は 見られない

乳母

　本当に あの方は 華ですね まさに華

キャピュレット夫人

　あなた どうなの？ パリス伯爵 愛せます？
　パーティーで あなたは今宵 彼に会うのよ
　彼の表情 本だと思い 読んでみて
　美しい ペンで書かれた 喜びを 発見なさい
　整った 顔立ちの あらゆる点を 調べて見て
　それぞれが 満足できる 内容に
　なっているかを 確かめること
　その美しい 本の中 分からない ことでもあれば
　彼の目の 注釈見れば 解決します
　貴重な愛の この本は まだ綴じられて ないのです
　飾るのに 欠けているのは 妻という名の 表紙だけ
　水に住む 魚はみんな 水を得て 輝いている
　外見の美は 内なる美など 得た後で 光るもの
　本であっても 金で綴じられ
　それで初めて 黄金の 物語 でき上がる
　あの方の 妻になったら
　あなたには 失うものは 何もなく
　あの方の 持てるもの すべてあなたの ものになります

乳母

失くすどころか 膨らみますわ あなたのお腹
キャピュレット夫人
　　さあ どうですか？ 伯爵の愛 受け止められる？
ジュリエット
　　お姿を 見ることで 好きになるなら
　　拝見させて 頂くわ
　　でも 私が放つ 視線の矢など
　　お母さま お与えになる 同意の力
　　借りて飛ぶほど 遠くには 飛べません

　　（召使い 登場）

召使い
　　奥さま お客さまらは 到着されて 食事の用意 整って
　　奥さまは呼ばれ お嬢さまは 探されて
　　乳母などは 食料室で 罵られ 大混乱に 陥ってます
　　今から私 接待に 参ります どうかすぐ お越しください
キャピュレット夫人
　　では すぐに 行きますわ　（召使い 退場）
　　パリス伯爵が お待ち兼ねです ジュリエット
乳母
　　さあ 行ってらっしゃい
　　幸せな日を 得るために 幸せな夜に 向かうのですよ
　　（一同 退場）

第4場

路上

(ロミオ、マキューショ、ベンヴォリオ、
5、6人の仮面の男、松明を持った従者達 登場)

ロミオ

おい 言い訳代わりに 一言何か
挨拶でも するとしようか?
それとも何も 挨拶なしで 忍び込む?

ベンヴォリオ

手間なんか かけるのは 時代遅れだ
スカーフで 目隠しをした キューピッド
タタール人が 装飾を施した お粗末な弓で
案山子(かかし)のように 女性らを 怖がらせるの やめようよ
俺達の登場に プロンプター付きで わけの分からぬ
プロローグなど 不必要
俺達のこと どう思おうが 知ったことでは ないからな
俺達は 思いのままに 動き回って 立ち去ればいい

ロミオ

松明を くれないか 憂鬱な 気分では
踊ったり できないよ
灯りを持てば 気が晴れるかな

マキューショ

何を言ってる！ 踊らないと いけないぞ

ロミオ

僕はだめだよ 本当だ 君の靴 底が軽いし ダンス用
僕の心は 鉛でできて いるからな
僕の足 地面に 固定し 動かない

マキューショ

君は恋して いるんだろう キューピッドの 羽でも借りて
通常の 領域を超え 舞い上がれ

ロミオ

キューピッドの矢で ひどい傷 受けたので
軽い翼で 飛ぶことなんか できないんだよ
悲しみを超え 高い所へ 飛ぶなんて 無理なこと
恋愛の 重荷背負って 落ちるのが 関の山

マキューショ

恋の重荷で 落ちるのなんて
か弱きものに プレッシャー 強過ぎだよな

ロミオ

恋愛に か弱きものか？
恋愛なんて ラフで粗暴で 痛ましく
トゲのように 突き刺さる

マキューショ

恋がラフなら おまえも恋に ラフになったら いいだけだ
刺されたら 刺し返し 押さえ込め

俺の顔 隠す仮面を 一つくれ （仮面をつける）
　　仮面には 仮面で勝負！
　　好奇心 溢れた目で ブサイクな顔と 言われても
　　気にするものか
　　突き出たおでこ 俺の代わりに 赤面して くれるだろうよ

ベンヴォリオ

　　さあ ドアを叩いて 中に入ろう
　　入ったらすぐ 踊り出すのだ

ロミオ

　　僕に松明 くれないか 心も軽く ふざけたい者
　　靴の踵（かかと）で 床に敷かれた 無感覚の イグサでも
　　くすぐってりゃいい
　　この僕は 古（いにしえ）の 老人の 言いつけ守り
　　松明を持ち 見物と しゃれ込もう
　　これほどの 悪ふざけ 今までにない ことだよな
　　だが僕は やめておく

マキューショ

　　何てことだよ！ 暗がりの ネズミかよ
　　そんなこと 夜警が話す 言葉だろう
　　もうおまえ 恋愛の 借金が 泥沼化 してるなら
　　その苦境から その首を
　　「しょっぴいて」やろうじゃないか
　　さあ 行くぞ 昼行燈（あんどん）

ロミオ

おい 昼ではないぞ

マキューショ

俺の言う意味「遅れてる」って いうことだ
昼間の灯り 無駄だろう 言ってる者の 心を汲めよ
五感で感じる５倍以上の 判断力が 必要だ

ロミオ

この舞踏会 行くのはいいが 行くことは 賢明でない

マキューショ

聞いていいなら その理由とは？

ロミオ

夢を見たんだ 昨夜のことだ

マキューショ

俺も見た

ロミオ

それ どんな夢？

マキューショ

夢見る奴は よく嘘をつく そんな夢だよ

ロミオ

ベッドで見る夢 現実になる ことがある

マキューショ

なるほどな マブの女王[16] おまえの所に 来たんだな
町の議会の 役人の 人差し指に 飾られている

---

16 ケルト神話。妖精の女王で夢を司る。

第 1 幕

瑪瑙[17] ほどの 小さなサイズで やって来る

小人の群れに 車を引かせ 眠ってる 人達の 鼻先通り

車輪の スポーク 足長グモの 長い脚

車の幌は イナゴの羽根で 引き綱は クモの細糸

首輪には しっとり濡れた 月の光を

鞭になるのは コオロギの骨 鞭の先 クモの糸

御者になるのは グレーの服を 着たハエだ

怠惰な女の 指先を 突いて出した 虫けらの

半分以下の サイズの虫だ

立派な馬車は ハシバミ[18]の殻

車作りは 昔から 建具屋の リスかあるいは コガネムシ

夜が来たなら マブの女王 豪華な車で

恋人の 頭上を駆けて 愛の夢 与えるのだよ

宮廷人の 膝の上 通ったら 敬礼の夢

弁護士の 指先を 通ったら 弁護士料の夢を見させて

ご婦人の 唇を かすめたら キスの夢

果物の 砂糖漬け 食べ過ぎて

虫歯になって 吐く息が 臭くなり

怒ったマブは 唇を ただれさせ

宮廷人の 鼻先の上 駆けて通って 嘆願書の 夢を見させる

17　イタリアのシチリア島で産出されていた。微細な石英の結晶が集まってできた石。
18　落葉低木。葉に皺（しわ）があるので、「ハシワミ」と呼ばれていたが、それが転訛したもの。色は薄茶色。花言葉は「和解」。

寝てる牧師の 鼻先を 豚の尻尾(しっぽ)で くすぐると
牧師 新たな 聖職禄(ろく)を もらえる夢を 見るんだよ
兵士の首の 上辺り 駆け抜けたなら
敵の喉 掻き切る夢だ
敵陣突破 待ち伏せや スペインの 名刀の夢
尽きることない 乾杯の夢
その後すぐに 耳元で 太鼓の音を 立てたなら
びっくりし 目を覚まし ぞっとして
祈りの言葉 口走り そしてまた寝る
夜の間に 馬のたてがみ もつれさせ
邪(よこしま)で ふしだらな 女の毛 グチャグチャにして
それが元に 戻ったら 不幸が襲う
これをするのも マブだから
これがその魔女 娘らが 仰向けに 寝たならば
慎み深さ 教え込み
彼女らを 良妻賢母に するのさえ あの魔女だ

ロミオ

黙れ 黙れよ！ マキューショ 口を閉じろよ！
言ってることが 支離滅裂だ

マキューショ

確かにな 夢の話を してたから
夢なんて 暇な頭が 生み出すものさ
どうでもいいこと 生むだけの 価値のない ファンタジー
ファンタジーは 空気のように 実体は 希薄なものだ

風よりも　気まぐれで
　北方の　凍て付いた　胸にさえ今　恋焦がれてる
　ところが　気分　害すると　露が滴る（したた）南方へ
　向きを変えたり　するからな
ベンヴォリオ
　君が話す　風のおかげで　もう晩餐も　済む頃だ
　もう遅過ぎる　かもしれないな
ロミオ
　早過ぎて　いないかと　心配だ
　僕の心に　ある不安　運命の星に
　委ねられた（ゆだ）　なんらかの　結末が
　今宵の宴で　恐ろしい日々が　始まって
　この胸に　しまっておいた　穢らわしい（けが）
　命の期限　切れてしまって
　時ならずして　罰として　悲惨な死が
　待ち受けて　いるかもしれぬ
　でも　僕の　人生航路の　舵を取る神
　正しい路に　お導き　ください
　さあ　行こう　陽気な友よ
ベンヴォリオ
　太鼓を叩け　（一同　退場）

第５場

キャピュレット家の大広間

（演奏家達が控えている
ナプキンを持った召使い達 登場）

召使い１

片付けの 手伝いもせず ポットパン どこに行ったか？
平皿は 運ばない？ 拭きもしないで！

召使い２

給仕の作法 知ってる者が 一人か二人
それなのに 手も洗わない ひどいことだよ

召使い１

折りたたみ椅子 片付けて
宴会用の 食器台 動かしてくれ 皿には注意 してくれよ
すまないが マルチパン 取っておいて くれないか？
それにだな 門番に スーザン・グラインドストーンと
ネルの二人を 通すよう 言ってくれ
おーい アントニー！ ポットパン！

---

19 原典 "trencher" 木製の平らな皿。食卓に出された肉を切り分ける台、あるいはその人。
20 砂糖とアーモンドを挽いて練り上げた洋菓子。別名「マジパン」（ポットパンは人名）。

50

召使い2

　はい お任せを

召使い1

　大広間では おまえは 捜され 呼ばれ 頼まれて
　求められて いるのだからな

召使い2

　あちらとこちら 両方に いるわけにゃ いきませんから
　さあ 元気を出して 働こう 長生きすれば いいこともある

　（キャピュレット、キャピュレット2、ティボルト、
　ジュリエット、一族の者 登場
　客達と仮面をつけた者達を迎える）

キャピュレット

　ようこそ 諸君 足にまめなど できてない ご婦人方は
　踊りの相手 なさるはず
　ご婦人方で 踊りは嫌と 仰る方は おられます？
　恥ずかしそうに なさってる方
　きっと足まめ あるのでしょうね
　わしも昔は 仮面をつけて 美しい ご婦人の 耳元に
　自分勝手な 話など 囁いたこと あるのですから
　ああ そんな日は 昔 昔の そのまた昔
　紳士諸君 よく来てくれた！ さあ 音楽を！
　広がって！ お互いに 当たらぬように 広がって！

さあ お嬢さま達 踊り始めて
(音楽の演奏が始まり 人々は踊り出す)
もっと灯りを つけなさい テーブルも 片付けて
暖炉の火 消すほうがいい 部屋の中 暑過ぎる
なあ おまえ 予期しなかった
この連中は なかなかやるな
まあ少し 腰を掛けよう わし達が踊った日々は
遠い昔に なったもんだな
おまえとわしが 踊ったの
もうどれぐらい 前になるかな?

キャピュレット2

もうかれこれ 30 年に なるはずだ

キャピュレット

何だって?! そんなに前じゃ なかったはずだ
それほどではな
ルセンティオの 結婚式の 時だから
ペンタコストの[21] 祭日が 早く来ようと
25 年は 確かなことだ
その時だった 仮面を付けた 舞踏会など…

キャピュレット2

もっと前だよ ずっと前 あれの息子は もっと年上
息子は今は 30 歳だ

---

21 五月祭(復活祭から数えて第 7 日曜日)。

キャピュレット

　そうなのか？ 彼の息子は 2 年前まで

　後見人が 付いていた

ロミオ

　〈召使いに〉あちらの紳士の 手を取っている

　女性は誰か 知っているかい？

召使い 1

　存知ませんが…

ロミオ

　ああ あの女性 松明に 輝き方を 教えてる

　黒人の 女性の耳を 彩る イヤリング
　　　　　　　　　　(いろど)

　「夜の頬」を 飾り立ててる

　その美しさ 尋常でなく この世に於いて 高価過ぎ
　　　　　　　　　　　　　(お)

　カラスの群れに 一羽の白い 鳩が降り立つ 美しさ

　それが彼女だ まわりの女は 黒いカラスだ

　踊り終われば どこに立つのか

　その位置を よく見ておこう

　そして あの手に 触れてもらって

　無骨な僕の 手に祝福を 与えてもらう

　今までに 僕の心は 恋をしたこと あったのか？

　誓って言えよ この両目「なかった」と

　今夜初めて 本当の 美しさ 目にしたからな

ティボルト

　きっと あれ モンタギュー家の 者の声

おい おまえ 俺の剣を 持って来い
俺達の 厳かな 儀式の日に
グロテスクな 仮面を付けて
嘲るために やって来たのだ!
我が一族の 名誉のために 奴などは 叩き斬る!
正当な 行為だからな

キャピュレット

何があったか? ティボルト
なんでそれほど 憤慨してる?!

ティボルト

叔父上 我らの敵の モンテギューが
この舞踏会を 馬鹿にして 乗り込んで 来ています

キャピュレット

あの若き ロミオだな

ティボルト

その通りです 悪党の ロミオです

キャピュレット

騒いでは ならぬから 放っておけ ティボルト
風格のある 紳士のように 振る舞っておる
それにだな ヴェローナで 評価が高い
高潔で マナーもいいと …
町中の 富と引き換えと 言われても
この館にて 彼のこと 侮ったりは してならぬ
我慢して おとなしく してなさい

わしの気持ちは こうなのだ そのことを 心して
　　寛容に 振る舞って しかめっ面は やめなさい
　　宴の席に 不釣り合い
ティボルト
　　あんな悪党 客ならば この顔で 釣り合ってます
　　我慢の限度を 超えてます
キャピュレット
　　我慢するのだ！ なんだと?! おまえ！
　　わしが「我慢」と 言っておる 分かったな
　　ここで主人は わしかおまえか?! よく考えろ
　　我慢できぬと!? わしをなんだと 思っておるか！
　　おまえはわしの 客人が いる中で 騒動を 起こす気か!?
　　得意気になり 男気を 出したつもりに なりたいのか！
ティボルト
　　ですが 叔父上 我慢するなど 恥ずべき行為
キャピュレット
　　いい加減に しておけよ
　　生意気なことを 言う奴だ よく考えろ！
　　そんな愚かな 考えを 持っているなら
　　怪我をする 分かったな
　　このわしに 逆らうなどは 以ての外だ
　　その話 これで終わりだ
　　— 皆さま よくぞ申された
　　— 生意気な奴だ さあ あちらに行って 黙ってろ

さもないと— もっと灯りを！ もっと灯りを！
　　— 恥を知れ！ 黙らせてやる！—
　　さあ もっと 愉快に！ 皆さま
ティボルト
　　抑圧された 忍耐が 強烈な 怒りと共に 爆発すれば
　　その激震で 俺の体に 震えが起こる
　　今のところは 引き下がる
　　しかし この 侵入は 今は大目に 見ておくが
　　必ずいつか 痛い目に 遭わせてやるぞ　（退場）
ロミオ
　　〈ジュリエットに〉もし僕の 価値のない手が
　　あなたの「聖堂」汚したのなら
　　優しい罰は これなのですよ
　　僕の唇 赤みを帯びた 巡礼二人
　　ソフトな口づけ ラフな接触 埋め合わせます
ジュリエット
　　巡礼の方 それではその手 可哀想
　　清らかな 信仰心が その手には ありますわ
　　聖者にも 巡礼の手に 触れる手が ございます
　　そして手と手が 合わされば それが聖なる 巡礼のキス
ロミオ
　　聖者には 唇は ないのです？ 巡礼は？
ジュリエット
　　ねえ 巡礼の方 唇は お祈りのとき 使うのよ

ロミオ

　ああ それならば 聖者のお方

　唇に 手がすることを させ給え

　唇の 信仰心が 絶望に 変わらぬように

ジュリエット

　聖者の心 動かないわよ お祈りは 受け入れますが

ロミオ

　それなら 聖者 この僕の 祈りの効果

　受け取る間 じっとしていて

　僕の唇は あなたのもので 清められます

ジュリエット

　では 私の唇 あなたから 罪などを もらうのね

ロミオ

　「あなたから罪を」？ 罪を優しく 促され…

　僕の罪 返してもらう

ジュリエット

　規則通りの キスなのね

乳母

　お母さま お話が あるとのことで…

ロミオ

　お母さまとは？

乳母

　あら お若いお方 お母さまとは

　このお屋敷の 奥さまですよ

良い奥さまで　賢明で　貞節で
　　　私はね　今あなたが　話をしてた　お嬢さまの　乳母ですよ
　　　ここだけの　話ですがね　お嬢さまを　射止めた方は
　　　がっぽりと　財産を　受け継ぐことに　…

ロミオ
　　　あの人は　キャピュレット？　ああ　高額な　勘定書きだ
　　　僕の命は　敵に支払う　負債額？

ベンヴォリオ
　　　さあ　帰ろうか　気晴らしも　今が潮時

ロミオ
　　　そうだよな　だから恐怖だ　長くいたなら　不安が募(つの)る

キャピュレット
　　　いや　諸君　お帰りの　準備は　まだ早い
　　　ささやかな　食事がここに　ありますからな
　　　― ああ　そうなんですか？
　　　それならば　来てくれたことに　感謝しますぞ
　　　ありがとう　紳士諸君　おやすみ
　　　松明を　もっとここへと　持って来い！
　　　さあ　わしらも　そろそろ　寝ることに　致そうか
　　　実際に　夜も更けた　休むとしよう
　　　（ジュリエット、乳母以外、一同　退場）

ジュリエット
　　　ねえ　ちょっと　あそこの方は　どなたなの？

乳母

タイベリオさまの ご長男

ジュリエット

ドアから今 出て行く方は？

乳母

あの方は えーっと確か ペトルーチオさま

ジュリエット

その次に 出て行く方は？ 踊らなかった 人のこと

乳母

知らない人で…

ジュリエット

お名前を お聞きして 結婚されて いるのかも

もしそうならば 私のお墓

新婚の ベッドになると いうことね

乳母

あの方の 名前はね ロミオですって

モンタギュー家の…

お嬢さまの 敵方の 一人息子よ

ジュリエット

たった一つの 私の愛が

たった一つの 憎悪から 生まれたなんて！

知らずして 出会ったの 早過ぎで

知り合ったのは 遅過ぎなんて！

私にとって 素晴らしい 愛の芽生えが

憎しみの敵 愛することで 始まるなんて…

乳母

 何ですか? それ 何ですの?

ジュリエット

 私が踊った 一人から 今さっき 習った歌よ
 (奥で「ジュリエット」と呼ぶ声)

乳母

 はい 今すぐに! さあ 行きましょう
 お客さまは もうみんな お帰りですよ
 (二人 退場)

プロローグ2[22]

語りの者

ロミオの中の 古い情熱 消え失せて

若い熱情 生まれ来る

悶えた恋は 死に絶えて

清純な ジュリエット 光眩(まぶ)しく やって来る

ロミオ 今 愛し愛され

お互いの 魅力によって 魅せられる

相手方から 敵と目され

愛のスイーツ 針含まれる

敵に阻(はば)まれ アクセス できず

愛の誓いを 語るにも 語れずじまい

愛あれど 彼女から 接触できず

いつであろうと どこであろうと 会えずじまい

愛情だけが チャンスや手段 生み出せる

究極の 愛の力で 艱難辛苦 飛び越せる　（退場）

22　プロローグ１と同じ。ソネット形式の詩形。ここでも、脚韻だけは原典に合わせて「abab/cdcd/efef/gg」としてある。「七五調＋脚韻」で訳すのに難度が高く Ys. の腕の見せ所 ?!

第2幕

第1場
キャピュレット家の壁際の路上

(ロミオ 登場)

ロミオ
　心を残し ここは去れない 戻るのだ
　心無くした 憂鬱(ゆううつ)な おまえの体
　おまえの心 取り戻せ
　(壁をよじ登り、屋敷内へ飛び降りて退場)

(ベンヴォリオ、マキューショ 登場)

ベンヴォリオ
　ロミオ! おーい ロミオ!
マキューショ
　ずるい奴だよ 驚いたよな
　抜け駆けし 家に帰って 寝るんだよ
ベンヴォリオ

ここへ走って この庭の壁 乗り越えたんだ
　　呼んでみろ マキューショ
マキューショ
　　呼ぶだけじゃなく 魔法を使い 姿まで 呼び出してやる
　　ロミオ！ 気まぐれ男！ イカレタ男！
　　激烈男！ 恋する男！ 溜め息の 姿にて 現れよ
　　ひとつしゃれでも 言ってくれ それだけでいい
　　言ってみろ「俺を愛して！」とか
　　「愛」と「おい！」で しゃれるとか
　　ゴシップ好きの ヴィーナスに 甘い言葉で 囁いて
　　目隠しをした 息子には コフェチュア王が
　　乞食娘を 愛したときに 正確に 矢を放ったので
　　「若きアダムの キューピッド」と 呼び名を付けた
　　ロミオはこれを 聞いてない 騒がない 動かない
　　猿のロミオは 死んじゃった
　　さあ 呪文を唱え 呼び出してやる
　　この呪文にて 姿を見せろ！
　　「ロザラインの きれいな瞳 広い額 紅い唇 美しい足
　　スラッと伸びた 長い脚 震える太腿」
　　すぐそこの お屋敷に懸け 汝の姿 我らの前に 現すのだ！

23　原典 "Ay me!"「ああ、大変だ／困ったな」。訳者が "Ay" を「愛」とバイリンギャグでしゃれてみた。
24　ローマ神話。愛の女神。
25　大道芸人が連れている猿に死んだ振りをさせていた。

ベンヴォリオ

　彼が聞いたら 怒るだろうよ

マキューショ

　こんなことでは 怒りはしない
　「恋人の 魔法の輪 その中に
　いかがわしい 妖精を 呼び出して
　魔法で寝かせ 妖精が 疲れきるまで
　その上で 立ち騒ぐ」
　これなら怒り 姿を見せる かもしれないな

ベンヴォリオ

　なあ 彼は ここの木立ちに 隠れたんだよ
　恋は盲目 暗闇が 最適なのさ

マキューショ

　もし恋が 盲目ならば 恋の矢は 的を外れる
　セイヨウカリン[26]の 木の下で 座ってるなら
　その恋人は その実のような 人ならいいが
　娘達 こっそりと そういう人を
　「おせっかい焼き[27]」と 呼んでいる
　ああ ロミオ！ 君の彼女が オー！ オープンに
　「それ」ならいいが…

26　原典 "medlar"「西洋花梨」。南西アジア／南東ヨーロッパ原産の落葉性低木。実は果実として食用。ジャムやゼリーにもされる（クラブアップルに似ている）。

27　原典 "meddler"「余計な世話を焼く人」。

それで君が「なんのナシやら」で あったなら…
おやすみ ロミオ 俺は帰って 寝るからな
野原のベッド この俺にゃ 寒過ぎる さあ 行こう!

ベンヴォリオ

そうしよう 見つけられない 奴なんて 捜しても無駄
(二人 退場)

第2場

キャピュレット家の庭園

(ロミオ 登場)

ロミオ

他人(ひと)の傷など 見て笑うなど
傷の痛みを 知らない者の することだ

(二階の窓辺にジュリエット 登場)

いや 待てよ! あの窓辺から 差し込む光 何だろう?
向こうは東 そうすると ジュリエットは 太陽だ
昇れ 輝く 太陽よ! 悪意ある月 消し去ってくれ!
悲しみで 月は病み 蒼ざめている
月に仕える あなたのほうが 月よりも 美しい

月などに 仕えるな 月には悪意 あるからな
巫女(みこ)[28] の衣装は 病的な 緑色
それを着て 似合うのは 道化[29]だけ
そんな衣装は 脱ぎ捨てろ
(ジュリエットが現れる) ああ 僕の乙女で 僕の恋人
ああ そのことを 知ってくれれば いいのだが…
何か話すぞ いや 何も 話さない
そんなことなど どうでもいいや
彼女の目が 語ってる それに応える ことにする
大胆過ぎる 語る相手は 僕なんかでは ないはずだ
天空の 星の中でも 限りなく 美しい 二つの星が
用事があって 席をはずして いる間
彼女の目に 瞬くように 頼んだのに 違いない
彼女の瞳が 夜空にあって
星が彼女の 顔にあったら どうなるのかな?
太陽の 光を受けた ランプのように
星たちは 彼女の頬の 眩(まぶ)しさで 恥じ入るだろう
夜空に輝く 彼女の瞳 空中を 通り抜け
とても明るく 光を放つ
鳥たちは 夜は去ったと 歌い出す

---

[28] 語源はラテン語の "Vesta"(ローマの家庭と暖炉の女神)。シェイクスピアの時代も「純潔、清純、処女」の意味。月の女神のダイアナは処女神。
[29] 道化は緑色が混ざった服を着ていた。

ほら あそこ 彼女はそっと 頬杖(ほおづえ)を ついている
ああ あの手を包む 手袋になり
彼女の頬に 触れられたなら…

ジュリエット

ああ 私!

ロミオ

話してる ああ 輝く天使 天翔(あまか)ける 翼を付けて
頭上を駆け抜け この夜に 栄光与え
人々が 驚いた目で それを見上げて 後方へ 倒れ込む中
天使は一人 ゆっくりと 流れる雲に
乗り込んで 空中を 渡りゆく

ジュリエット

ああ ロミオ ロミオ! どうしてあなた ロミオなの?!
お父さまとは 絶縁し あなたの名前を 拒絶して
それがだめなら 私のことを 愛すると 誓ってね
そうなれば この私 キャピュレットの名を 捨てましょう

ロミオ

〈傍白〉もっと聞こうか 話そうか どうしよう…

ジュリエット

私の敵は あなたの名前
モンタギューで なくっても あなたはあなた
モンタギューって 何なのよ
手でもない 足でもないし 腕でもないし 顔でもないわ
人に属する 他(ほか)のどの 部分でもない

ああ 何か 別の名前に してくれません？
名前の中に 何があるのよ
バラと呼ばれる 花などは
他の名前で 呼ばれても 甘い香りは 同じもの
ロミオだって ロミオなどと 呼ばれなくても
彼自身に 完璧さ 備わっている
ロミオ あなたのもので ないその名前 捨て去って
私を取って くれればいいの

ロミオ
言葉通りに あなたのほうを 取りましょう
僕のこと「恋人」と 呼んでください
洗礼受けた 新たな名前 今からは 僕はもう
ロミオなんかじゃ ありません

ジュリエット
誰なのよ？ 夜の闇 そこに隠れて
私の胸に ある秘密 打ち明けるのを 遮(さえぎ)るのは?!

ロミオ
名前によって 僕が誰だか
どのように 言ったらいいか 分からない
聖なる人よ 僕の名は 僕にとっては 忌(い)まわしい
あなたにとって 敵だからです
紙に書かれて いたならば そんなもの 破り捨てます

ジュリエット
私の耳は あなたの言葉を まだ百語さえ 聞いてはいない

でも その音で 分かります ロミオじゃないの？
モンタギュー家の？

ロミオ

二つとも 違います 麗しの 聖者の乙女
あなたがそれを 嫌うなら

ジュリエット

どうやって ここに来れたの？ それに なぜなの?!
庭の壁 とても高いし 登るのは 困難よ
それに もし うちの者が あなたをここで 見つけたら
どうなることか 分からない

ロミオ

壁なんか 愛の翼が あったなら 軽々と 飛び越えられる
壁などで 愛を遮る ことなんか できないんだよ
愛する心 あったなら どんなことでも やり遂げられる
あなたの家の 者でさえ 僕を止めたり できません

ジュリエット

見つけられたら 殺されるわよ

ロミオ

ああ 20本の 剣よりも あなたの瞳が 危険です
もっと優しい 眼差しを
そうすれば 恐れる敵は いなくなります

ジュリエット

絶対に あなたはここで 見つけられては だめなのよ

ロミオ

見つけられたり しないよう 夜の闇に 身を包み
姿隠して いるのです
でも あなたの愛が もらえないなら
今ここで 見つけられ 憎しみにより 死を迎えても
意味もなく 生きているより はるかにましだ

ジュリエット

この場所を 誰に教えて もらったの？

ロミオ

最初に僕を 促したのは 恋の矢を持つ キューピッドです
助言して くれたので 目を貸して やりました
この僕は 船の舵取り ではないが
海の水に 洗われた 最も遠い 広大な 海辺でも
宝捜しの 冒険に 出かけただろう

ジュリエット

私の顔に 夜の仮面が 付いているのを 知ってるわよね
そうでないなら 恥ずかしい
頬が真っ赤に 染まってるのを 見られてしまう
だってあなたは 私が言った 心の嘆き 聞いたのでしょう
女性としての たしなみを 大切に しているの
お願いだから 私の言った こと みんな 忘れてね
でも 体裁を 取り繕うの やめますわ！
私のことを 愛してる？「もちろん」と 仰るわよね
その言葉 信じるわ
でも 誓っても 嘘になるかも しれないし

恋人の 誓約違反 ジョウブ[30]が聞いても
そんなこと よくあることで 笑うって 言われてる
ねえ ロミオ 本当に 愛するのなら
誠意を込めて 言ってよね
簡単に 手に入る 女だと 思ったのなら
この私 しかめっ面で ふくれっ面して「イヤだ」と言うわ
そうしたら あなたはすぐに プロポーズする?!
そうでないなら 絶対にイヤ!
ねえ 素敵なロミオ もう私 夢中なの
だから あなたは 軽い女と 私のことを 思うでしょうね
でも 信じてね 純情な 振りをする ズルい女性と
全く違い 真心が あるのですから
正直言って もう少し よそよそしく すべきだったわ
でも 気がつく前に 私の秘めた 恋心
こっそりと 聞かれたの だから許して
この従順さ 薄っぺらい 愛などと 思わないでね
夜の闇が 明るみに 出したのだから

ロミオ

果物の木の 先端を 銀色に 染めている
幸運の 月に懸け 誓います

ジュリエット

ああ 月に懸けては 誓わないでね

---

30 ローマ神話。神々の中の最高位の神。ギリシャ神話のゼウスに匹敵する。

気まぐれな月　くるくる回り　月毎に　変化する
　　あなたの愛が　月のように　変わったり　しないようにね
ロミオ
　　それなら何に　誓ったら　いいのです？
ジュリエット
　　誓ったり　しなくていいの
　　どうしても　するのなら
　　高潔な　あなた自身に　誓ってほしい
　　あなたは私の　崇高な　神様だから　私はあなたを　信じるわ
ロミオ
　　僕の心に　大切な人！—
ジュリエット
　　やっぱりだめよ　誓ってはだめ
　　あなたに会えて　嬉しいけれど　今夜　婚約　してはだめ
　　向こう見ずだし　無分別　唐突過ぎよ
　　「光ったわ」って　言う前に　消えてしまう　稲妻みたい
　　大好きだけど　おやすみなさい
　　愛の蕾(つぼみ)は　夏の熟した　息吹を受けて
　　次の機会に　会えるとき　きれいな花を　咲かせるわ
　　おやすみなさい　おやすみなさい
　　私の胸の　スイートな　安らぎが
　　あなたの胸に　宿りますよう…
ロミオ
　　この僕を　満たすことなく　去るのです？

ジュリエット
　どんな満足 求めているの？
ロミオ
　あなたの愛の 誓いの言葉 もらえれば…
ジュリエット
　その言葉 もうすでに 差し上げたわよ
　言い直すこと できれば言うわ
ロミオ
　取り消すのです？ なんのために？
ジュリエット
　正直言うと もう一度 差し上げたいの
　取り消しじゃなく 今あるものを 上げるだけ
　この私 気前よさ 海ほども 広大で
　私の愛は 海ほども 深いもの
　あなたには 私の愛を 上げられるなら みんな上げるわ
　上げれば上げる ほどまた増えて 無限なのよね
　（乳母が奥で叫ぶ声）
　奥で叫ぶ声 しますから 愛するロミオ さようなら
　──婆や 今 行きますよ！──
　ねえ ロミオ 信じても いいのよね
　少しだけ 待っていて すぐに戻って 来ますから　　（退場）
ロミオ
　ああ 幸せな 幸せな夜！ 怖いほど
　夜だから 夢ということ あるからな

現実と 思えないほど でき過ぎている

(ジュリエット 登場)

ジュリエット
ロミオ あと 一言だけよ 言わせてね
それで今日は お別れだから
あなたの愛が 真(まこと)のもので
結婚を 考えて くださるのなら
あなたへと 使いの者を 送りますから 伝言を お願いね
どこで 何時に 式を挙げるか 知らせてね
そうなれば 私の運命 あなたに捧げ
どこにでも 付いて行きます

乳母
(奥で) お嬢さま！

ジュリエット
すぐに行くから！— でも 本心で 言ってないなら
お願いだから—

乳母
(奥で) お嬢さま！

ジュリエット
今すぐ行くわ— プロポーズなど しないでね
そうなれば 私ひとりで 悲しみに 耐えるから
明日 必ず 使いの者を 送ります

ロミオ

　我が魂に 栄光が ありますように！

ジュリエット

　１千回も おやすみなさい！　（退場）

ロミオ

　あなたの光 無くなれば １千倍も 辛くなる

　愛する人に 会いに行くなら 下校する 生徒のようで

　愛する人が 去るときは 登校してる 生徒のようだ[31]

（ジュリエット 登場）

ジュリエット

　シィー！ ロミオ！ 静かにね！

　ああ ハヤブサの雄 呼び戻す 鷹匠の声

　私にあれば いいのにね

　自由持たない 私の身 声は枯れ 大声で 話せない

　もし私 自由の身なら 木霊(こだま)が棲むと 言われてる

　洞窟を 打(ぶ)ち壊し 私よりも 空気の声が 枯れるまで

　ロミオの名前 繰り返し 叫ばせる

ロミオ

　僕の名を 呼んでいるのは 僕の魂

　夜に木霊す 恋人の声 甘美なまでに シルバー模様

31　ウキウキした気分だということ。登校の場合は逆。シェイクスピア（Sh.）の時代も今の日本と同じ？だということが面白い。

愛の音 求める耳に ほんのりとした 音楽だ
ジュリエット
ロミオ！
ロミオ
ジュリエット！
ジュリエット
明日の何時に 使いの者を 送りましょうか？
ロミオ
9時はどう？
ジュリエット
きっかりと その時間 間違いなくね
その時刻 何十年も 先のよう
どうしてあなた 呼び戻したのか 忘れちゃったわ
ロミオ
あなたがそれを 思い出すまで
じっとこの場で 待っている
ジュリエット
それじゃ私は 思い出したり しないわよ
ずっと一緒に いたいから
ロミオ
忘れたままで いてくれたなら それでいい
ずっとここに 立っているから
ここ以外の 他(ほか)の家など 忘れよう
ジュリエット

もうすぐ朝よ　だからもう　行ってもいいわ
　　でも　飼われてる　鳥のように　遠くへは　行ってはだめよ
　　手から離して　ピョンピョンと　歩かせて　あげるけど
　　足枷を　掛けられた　惨めな囚人　さながらに
　　シルクの糸で　引っぱられ　連れ戻されて　しまうのよ
　　あなたのことを　愛してるから　鳥の自由を　妬むのよ
ロミオ
　　できることなら　この僕は　あなたの鳥に　なりたいものだ
ジュリエット
　　私もあなたを　私の鳥に　したいもの
　　でも　可愛がり過ぎ　殺してしまう　かもしれないわ
　　おやすみなさい　おやすみなさい！
　　お別れが　こんなにも　甘く切ない　ものだとは
　　朝までずっと「おやすみなさい」そう言い続け
　　この場所に　居られたら　いいのにね　おやすみなさい
　　（退場）
ロミオ
　　眠りの精が　あなたの目に
　　安らぎが　あなたの胸に　訪れるよう　願ってる
　　この僕が　眠りの精で　安らぎならば
　　あなたに甘い　夢をあげよう
　　今から僕は　神父のもとに　出かけます
　　この僕の　幸運のこと　お知らせし
　　ご支援を　お願いしよう　　（退場）

第3場

修道士ロレンスの小部屋

(バスケットを持ったロレンス 登場)

ロレンス
 灰色の 目をした朝が
 しかめっ面の 夜の闇へと 微笑みかけて
 明かりの兆しで 東の雲を 格子じまの 模様にしてる
 酔いどれが よろよろと 歩くかのよう
 まだらの闇は 日の神の 燃える車輪が
 走りゆく 光の道から 去ってゆく
 太陽が 強い光を 投げかけて 昼に活気を もたらして
 夜露が乾く ときまでに
 毒草や 薬草を このバスケット 一杯に 摘み取ろう
 大地とは 自然の母で 更にまた 墓地であり
 埋める墓で 子宮でもある
 子宮から出た 様々な 子供達 大地から 生気吸い取り
 それぞれが 異なった 役目を持って 生きている
 ハーブや草木 石なども 特性を 備えてる
 無価値だと 思えるものも 役立つことが あるように
 価値あるものも 使い方を 誤れば 害となる
 良いものも 時として 悪となり

悪でさえ やり方次第で 善を為す
か弱い花の 柔らかな皮 その中に 毒があり 薬ともなる
匂いを嗅げば 体中 活性化 させるもの
口に入れれば 感覚が 失われ 心臓が 停止する
このように 敵対してる 二つのものが
一つの中に あるのだからな
人間も ハーブと同じ 美徳もあれば 悪徳もある
悪いほうが 力を得れば 癌に冒され 命を失くす

(ロミオ 登場)

ロミオ
　おはようございます 神父さま
ロレンス
　神様の 祝福を！
　こんなに 早く 起き出して
　心地良い 挨拶するの 誰なのだ？
　若者が こんなに早く 起き出すなどは
　心に悩み ある証拠だな
　心配事で 寝られないのは 老人に あることで
　悲しみあれば 眠りなど 訪れぬ
　苦しみのない 健康な 若者ならば 手足横たえ 寝たならば
　眠りがすぐに 訪れる
　こんなにも おまえが 早く 起きたのは

悩みがあるか そうでないなら 当ててやる
おまえは昨夜 一睡も してないだろう

ロミオ

寝ていないのは 確かです
でも 眠りより 心地良い 安らぎを 得たのです

ロレンス

神よ! この罪を 赦し給え
ロザラインと 一緒に夜を 過ごしたのか?!

ロミオ

ロザラインと? 神父さま 違います
その名前 だけでなく
その名によって 嘆いたことも 忘れたのです

ロレンス

それは良かった それなら おまえ どこにいたのだ?!

ロミオ

お尋ねに なる前に 話そうと 思ってました
実は この僕 敵の宴(うたげ)に 出たところ
突然に ある者に 傷つけられて
その者も 私によって 傷つけられて
双方の 傷を癒(いや)す 神父さまの ご助力と
聖なる治療が 必要なので 来たのです
神父さま 僕は敵など 憎んでは おりません
どうかよく お考え くださって
僕への取り成し お願いします

敵のためにも なるのですから
ロレンス
　　率直に 言いなさい 言いたいことを 簡潔に
　　謎めいた 懺悔(ざんげ)には 謎めいた 赦ししか 与えられない
ロミオ
　　では 率直に 申します
　　心から 愛する人は キャピュレット家の 美しい 娘です
　　僕の心が 彼女のもので あるように
　　彼女の心は 僕のものです
　　お互いが 結び合い 欠けているのは
　　神父さまが お与えになる 聖なる儀式 それだけです
　　いつ どこで どのようにして 会ったのか
　　プロポーズ したのかや 愛の誓いを 交わしたかなど
　　歩きつつ お話しします
　　でも どうか お願いします
　　今日 僕達を 結婚させて 頂けません？
ロレンス
　　何だって⁉ 何という 心変わりの 早いこと！
　　あんなにも 激しく愛した ロザライン 捨て去って⁉
　　若者の 愛なんて 心の中で しっかりと 生まれたりせず
　　目で生まれると 言わざるを得ん あきれ果てたな
　　ロザライン 慕う心で 蒼ざめた おまえの頬を
　　どれだけ多く 涙濡らして いたことか
　　塩辛い水 愛の味つけ するために 無駄に流して

もう愛は 咊ないと 言うのかい?!
　　太陽は おまえが吐いた 溜め息を
　　まだ空からは 追い払っては いないのだ
　　おまえが出した うめき声
　　年老いた この耳に まだ木霊して いるからな
　　見るがいい！ おまえの頬に 流した涙の 数ほど多く
　　その痕跡が 残ってる
　　おまえの心 おまえのもので
　　おまえの嘆き おまえのもので あったなら
　　心と嘆き そのすべて ロザラインにと 属するものだ
　　それ自体 変化したなら この格言を 唱えるがいい
　　「男心に 秋風吹けば 女心に 雪が降る」[32]

ロミオ

　　ロザラインを 愛することで
　　神父さまは 僕をよく 叱られたでは ありませんか

ロレンス

　　「溺愛するな」そう言った
　　「愛するな」とは 言ってない
　　しっかりと 教えを聞けよ

ロミオ

　　僕の愛 葬るように 仰った

ロレンス

---

[32] 原典 "fall"「落ちる / 秋」。Sh. のしゃれ。「飽き」は Ys. のしゃれ。

墓ではないぞ 一人を埋めて 別人を 掘り起こせなど
言った覚えは ないからな
ロミオ
お願いだから そうガミガミと 言わないで くださいよ
今愛してる 女性など 好意に好意
愛には愛を 返してくれる
ロザラインは そうでなかった
ロレンス
ああ ロザライン 知っていた
おまえが語る 愛の言葉は 丸暗記 しただけで
字さえ読めない 者が「読む」のと 同じこと
だが 付いて来なさい 浮薄なロミオ
わしには一つ 考えがある さあ 行こう
この結婚が 上手く行くなら
両家の諍い 終わらせる 筋道を 作ること
できるかも しれぬから
ロミオ
さあ 急ぎましょう 時間の無駄は できません
ロレンス
賢明に 慎重に！
走るのが 速過ぎたなら 躓いて 転ぶから
（二人 退場）

第 4 場

路上

(ベンヴォリオ、マキューショ 登場)

マキューショ
 一体 ロミオ どこにいるんだ!?
 昨夜は家に 帰らなかった?
ベンヴォリオ
 その通り 召使いから そう聞いた
マキューショ
 なんてことだよ! 青白い 顔をした 石の心の ロザライン
 あまりロミオを 苦しめたなら
 奴なんか 気が触れて しまうのに 違いない
ベンヴォリオ
 キャピュレットの 甥のティボルト
 俺の叔父 モンタギューに 手紙など 送って来たぞ
マキューショ
 絶対に 挑戦状だ
ベンヴォリオ
 ロミオが受けて 立つだろう
マキューショ
 手紙が来れば 誰だって 返事は出せる

ベンヴォリオ

　手紙の主に 挑まれたなら 挑み返すと いうことだ

マキューショ

　残念なこと！ 哀れロミオは もう死んでいる
　白い顔した 女の黒目に 彼の心は
　射し抜かれ ラブソングにて 彼の耳は 射ぬかれて
　盲目の キューピッドの矢で
　彼の心臓 ブチ抜かれ 真っ二つに されてしまった
　そんな奴 ティボルトの 相手務まる わけがない

ベンヴォリオ

　何だって!? ティボルトなんか 気にもならない

マキューショ

　奴はなあ 猫のプリンス 以上だって 言ってもいいぞ
　奴はおまえが 鼻歌を 歌うかのよう
　距離を保って 隙を見せずに タイミング良く 突いてくる
　この俺を 信じろよ one two ときて 一呼吸 つく暇もなく
　three のときに 切っ先は おまえの胸に グサッと刺さる
　絹のボタンが 胸にでも 付いているなら
　見事スパッと 切り落とす 剣士の中の 最上級の 剣士だぞ
　超一流の 家柄で 決闘に 但し書きなど 必要で
　第一項や 第二項の 本文で
　致命傷 与える突きや 逆手打ち 食らったら 致命傷！

ベンヴォリオ

　何だって？

マキューショ

おどけて話し 舌足らず 気取っているし 馬鹿げてる
話し方の アクセントが おかしくて
こんな奴には 呪いあれ！
神に懸け 切れ者で 好色で「売春婦」―
ほら 嘆かわしい ことでしょう ご老人
普通の椅子に 座れない 変人や
奇妙な流行(はや)りの 服を着て
「エクスキューズ・ミー」[33]なんて言う
お頭(つむ)イカれた 者達や 変人に
悩まされるの 耐えられないね
何が「Good」だ?! グッドなんかで あるわけがない

（ロミオ 登場）

ベンヴォリオ

ロミオが来たぞ ロミオだぞ

マキューショ

腸(はらわた)を 抉(えぐ)られた 日干しのニシン
ああ 魚よ魚 どうしておまえ 釣り 上げられた？
ペトラルカ[34] 数多く 作ってた 恋愛歌
ロミオはそれを 自分流に 作るだろうよ

33　原典 "Pardonnez-mois"［フランス語］「すみません」。
34　14世紀のイタリアの詩人で学者。

ローラなど 飯炊き女[35]

ロザライン 韻を踏むなら ローラより ましな名だ

ダイドー[36]となら 釣り合わぬ みすぼらしい[37] 女だな

エジプトの クレオパトラは ジプシーと 韻が合う

ヘレネ[38]とヒーロー あばずれで 売春婦

グレーの色の 瞳のシスビー[39] 足元にさえ 及ばない

ロミオ殿下 "Good Day !"[40]

イギリス風の クロップ・ズボン[41] 似合うから

イギリス式の 挨拶だ

昨日の夜は 上手く一杯 食わせたな

ロミオ

二人共 おはよう 僕は一体 何のごちそう したのかな？

マキューショ

食い逃げだ 請求書だけ 残して逃げた 分かってるはず

ロミオ

悪かった マキューショ 大事なことが あったので

---

35 ペトラルカは「ローラ」という女性を対象に多くの恋愛詩を書いた（ローラが実在していたかどうかは不明）。
36 カルタゴの女王。
37 原典 "Dido" に対して、"dowdy"「みすぼらしい（女）」
38 ギリシャの絶世の美女。トロイ戦争の元凶となった。
39 ギリシャ・ローマ神話。シスビーがライオンに殺されたと思って、恋人のピラマスが自殺したので、シスビーは後追い自殺するという悲劇的物語。
40 原典 "Bon jour!"［フランス語］「こんにちは」。
41 七分丈のズボン。

礼儀を欠いて しまったのだよ

マキューショ

丁寧に お辞儀をすべきと いうことだ

ロミオ

正式な 会釈のことか？

マキューショ

その通り

ロミオ

礼儀作法に 則(のっと)った 説明だ

マキューショ

何を今更 この俺は 礼儀では 特待生だ

ロミオ

特待生に ご褒美(ほうび)は ピンクのバラか？

マキューショ

その通り

ロミオ

おや そうしたら 僕が履いてる ダンスシューズは
花できれいに 飾られる[42]

マキューショ

上手く言ったな おまえの靴が 擦れ切れるまで
俺のジョークに 付き合えよ
靴のソールが 擦り切れて

---

42 軽いダンスシューズは花の形をしたリボンで飾られていた。

剥(は)がれ落ちても ジョークは残る

ロミオ

　一枚底の ジョークだね ソールひとつで 目立っていても

　本体なしの ソールだけでは 役立たず

マキューショ

　ベンヴォリオ 助けてくれよ 俺のジョークは 種切れだ

ロミオ

　鞭を当て 拍車で蹴って 付いて来い

　付いて来ないと 僕の勝利だ

マキューショ

　おまえのジョーク ガチョウ・ハント[43]に 似ているな

　難解で 骨が折れるぞ

　ガチョウ[44]的 おまえの頭 俺の「五感」を 超える力を

　持っているから 狩りはこりごり

ロミオ

　ガチョウ・ハント だけではなくて

　どんなことでも 僕に付いては 来なかったよな

マキューショ

　冗談も 言い過ぎたなら その耳に 噛みつかれるぞ

ロミオ

　おどけたガチョウよ 噛まないでくれ

マキューショ

43　雁ハント。裏の意味「骨折り損」。

44　裏の意味「頓馬／馬鹿」。

おまえのジョーク 甘くて辛い シャープな味だ

ロミオ

甘いガチョウに 釣り合わぬ

マキューショ

おまえのウイット 「子羊の皮」だ

1インチから 45インチ 幅広く 伸びるんだ

ロミオ

「幅広く」と 君が今 言ったので

ガチョウ狩りに 付け足そう

「あちらこちらと 探し回る」だ

マキューショ

恋の悩みで 呻(うめ)くより ましだろう？

やっと今 いつもの調子

付き合いのいい ロミオになった それがおまえだ

湿っぽい 恋愛なんか してる奴

道化の杖を 穴の中へと 隠すため

あちらこちらと だらしなく 走り回る 馬鹿者だ

ベンヴォリオ

いい加減 もうやめろよな

マキューショ

俺の話に つまらないなど ケチをつけ やめさせる気か⁈

ベンヴォリオ

45　1インチ＝2.54cm。

やめさせないと エンドレスにと なりかねないな
マキューショ
　勘違いだろう そろそろジョーク やめようと思ってた
　俺の話の クライマックス 過ぎたので
　もうこれで 終わりだよ
ロミオ
　古風な服が やって来た

（乳母 ピーター 登場）

マキューショ
　船だよ！ 船が！
ベンヴォリオ
　二隻だ 二隻 シャツ艇と スリップ号だ
乳母
　ピーター！
ピーター
　はい 今すぐに
乳母
　私の扇は？ ピーター
マキューショ
　なあ ピーター 連れの顔 扇使って 隠してくれよ
　扇のほうが ましな顔
乳母

紳士方 おはようございます

マキューショ

こんにちは ご婦人よ

乳母

もうそんな 時間です？

マキューショ

そうですよ 猥褻(わいせつ)な 時計の針が 正午を指して いますから

乳母

冗談は やめなさい！ なんていう人！

ロミオ

神様が 造られた 人間の 出来損ないで…

乳母

なかなか上手く 言いましたわね

「人間の 出来損ない」ね— それよりも

そこにいる あなた方の 一人でも

若者ロミオ どこにいるのか 知りません？

ロミオ

知ってるよ 若者ロミオは 探してたとき 若くても

探し当てたら 老けているかも

その名前では この僕が 一番の 若者だ

成熟しては いないから

乳母

ごもっとも

マキューショ

なるほどな 成熟してない 出来損ないか
上手く言ったな 賢いね 本当に

乳母

あなたが もしも ロミオなら
内密に お話したい ことがあります

ベンヴォリオ

お食事の 招待ですね

マキューショ

売春宿の 女将さん 女将さん 女将さんだよ
ほら 見つけたぞ

ロミオ

何を一体 見つけたんだよ?!

マキューショ

ウサギなんかは 入っていない
レントの質素な パイの中 ウサギの肉が 入ってるなら
消費期限が とっくの昔に 過ぎてしまって
腐っているか カビ臭い 変な物
(歌う) 古いウサギに カビが生えても
　　　 古いウサギに カビが生えても
　　　 レントの間は 良いお肉
　　　 でもですね カビが生えてる ウサギさん
　　　 切って出すには 古過ぎて

46　キリスト教の「四旬節」。復活祭の46日前の水曜日までの期間、断食や減食をして懺悔をする。

　　　　　消費期限の ずっと前から カビだらけ
　さあ ロミオ 君の親父の 所へ行って
　豪勢な ランチでも 頂こう
ロミオ
　すぐに行くから
マキューショ
　さようなら 古風なご婦人 さようなら
　レディー レディー マイ・フェアー・レディー！
　（マキューショ、ベンヴォリオ 退場）
乳母
　はい これで さようなら！
　本当に いたずら好きで 生意気な 人ですね
ロミオ
　話してる 自分のことを 聞くのが好きで
　ひと月以上 かかることでも 1分で 話し終えます
乳母
　あの人が 私のことで なんと言おうと
　もっとひどい 悪ふざけ しようとも
　そんな輩が 大勢来ても やっつけて やりますからね
　もしそれが 無理ならば 代わりに誰か 見つけます
　いけ好かない 男だわ
　私のことを あんな男と いちゃつく女で
　連れ添う仲間と 思うなら 目にものを みせてやる！
　〈ピーターに〉あんたはね 私のお付き なんだから

変な輩が 絡(から)んできたら 懲らしめて やらないと！
ピーター
誰も絡んで いませんでした
絡んでいたら すぐに武器など 取り出して いたでしょう
正当な 喧嘩であって 法律が 後ろ盾なら
誰かが剣を 抜いたなら 私はすぐに 抜きますからね
乳母
本当にもう 苛(いら)立って 震えが来そう 生意気な 男だったわ
あなたには お話が ございます 我が一門の お嬢さまから
あなたのことを 探すようにと 伝言を 頂いてます
その内容は まだ言えません
でも これだけは 言っておきます
あなたがもしも お嬢さまを 俗に言う
愚かな者の 楽園に 連れ出そうと するのなら
よく言われてる 悍(おぞ)ましい 行いですよ
お嬢さま まだ幼過ぎ
だから もし 騙してるなら どの女性でも 同じですけど
人の道には 背(そむ)く行い ですからね
ロミオ
では あなた お嬢さまに 伝えてほしい
公然と僕 証言します—
乳母
嬉しい知らせ！ その通り お伝えします
本当に 本当に それを聞いたら 喜ばれます

ロミオ

あなたは何を 伝えるのです?
僕はまだ 何も言っては いないのに

乳母

「証言する」と 言われたことを 伝えます
紳士的 オファーだと 受け取りました

ロミオ

今日の午後 神の赦しを 得るために
ロレンス神父の 元に来るよう
そこで懺悔し 結婚すると 伝言を!
さあ これは お礼だし 取ってくれ

乳母

それはだめです 受け取れません

ロミオ

そう言わないで 取ってください

乳母

本日の 午後ですね お嬢さま 必ずそこに 行かれます

ロミオ

お願いがある 修道院の 壁の所で
待っていて くれないか?
1時間 以内には 召使いに 梯子に編んだ 縄を持たせる
それを使って 秘密の夜に 幸せの 絶頂に 登ります
では これで 失礼します
信頼して いますから 謝礼はきっと はずみます

さようなら お嬢さまには どうかよろしく
乳母
神様の 祝福が ありますように！ 聞こえています？
ロミオ
何か今 言いました？
乳母
あなたの家の 召使い 秘密など 守れます？
諺(ことわざ)に あるでしょう
「二人だけなら 内緒事 三人に なったなら 内緒にならず
次々と 大事(おおごと)に」
ロミオ
その召使い 口の堅さは 鋼鉄のようだ 保証はできる
乳母
ロミオさま お嬢さまは 可愛い方よ
ああ 思い出したわ
── まだ ちっちゃくて 片言を 話し出し──
それよりも この町に パリスという名の 貴族の方が
お嬢さまを 自分のものに しようとし
「テーブルに ナイフを置いて」
優先権を 取られましたよ
でも お嬢さまは おかしな人で
パリスさまを 見るのなら

---
47 パブなどで席を確保するために、テーブルにナイフを置いて、自分の場所を確保した。原典 "lay knife abroad"「ナイフを上に置く」。

ヒキガエルでも 見るほうが
まだましと 仰るの
パリスさまは 立派な人と 私が言うと
ご機嫌を 損ねてしまい 真っ白い ハンカチのよう
顔から血の気が サッと引いて しまうのですよ
ローズマリーと ロミオとは 頭文字 同じでしょう[48]

ロミオ

そうですよ それがどうだと 言うのです？
どちらも「R」で 始まりますね

乳母

あら そんなこと！ 犬にある 特性と 同じだわ
「R」など… 頭文字 違ってたのか 自信ないけど[49]
お嬢さま ローズマリーと あなたの名前
合体させて 素敵な文を 作ってられた
お聞きになると いいでしょう

ロミオ

お嬢さまに どうぞよろしく

乳母

お任せください （ロミオ 退場） ピーター！

ピーター

はい 今すぐに！

乳母

---

48 花言葉は「記憶／貞節」。
49 英語 "roar"「（犬が）吠える」。

さっさと前を 歩くのですよ　（二人 退場）

第 5 場

キャピュレット家の庭園

（ジュリエット 登場）

ジュリエット
婆やを使いに 出したのは 時計の鐘が
9 時を知らせた 時だった
半時間 過ぎたなら 戻ると言って いたけれど
ひょっとして ロミオには 会えずじまいで…
そんなこと ないはずよ
ああ そうだ！ 婆やは 脚が 良くないのよね
恋の使いは 陰気な山に かかる影 追い払う
太陽の 光より 10 倍速く 駆けないとだめ
そういうわけで 軽快な 翼持つ鳩
愛の女神の 馬車を引き
風ほど速い キューピッドには 翼があるのね
もう太陽は 一日の 旅路の山の 頂点にある
9 時から正午 もう 3 時間 経っているのに
婆やまだ 帰って来ない
婆やにも 愛情があり 若くて熱い 血潮があれば

テニスボールの ようにして 弾む気持ちで 動くでしょうに
私の言葉 愛する人に サーブしたなら
彼のリターン すぐのはず
でも年寄りの 多くの人は デッドボールを 受けた振りして
鉛のように 鈍重で 動きが遅く 腰が重くて
顔色が 良くないわ

(乳母、ピーター 登場)

ああ やっと 帰って来たわ
優しい婆や ねえ どうだった？
あの人に 出会えたの？ 召使い 下がらせて

乳母

ピーター 門の所で 待っていて 　(ピーター 退場)

ジュリエット

ねえ 愛しい婆や どうしたの?!
どうしてあなた 悲しげな顔 しているの？
悲しい知らせ 伝えるのにも にこやかに お願いね
良い知らせでも そんなにも 渋い顔して されたなら
スイートな 調べでも 台無しに なってしまうわ

乳母

疲れてるので 少しだけ 待ってください
ひどいもんです 骨がギシギシ 痛むんですよ
あちらこちらと 歩き回って いましたからね

ジュリエット

　私の骨を 上げるから 早く知らせを 聞かせてよ
　さあ早く お願いだから 言ってよね
　とっても優しい 婆やでしょう 言ってよ 早く！

乳母

　何てことです！ そんなに急ぎ 少しぐらいは 待てません?!
　息を切らして いる私 見えないのです？

ジュリエット

　「息が切れてる」なんて言う 息があるのに
　息が切れてる わけがないわよ
　こんなにも 遅く帰って 言い訳を するなんて
　肝心な 話より 言い訳が 長いのね
　その知らせ いいものなのか 悪いもの？
　どちらなのかを 答えてよ
　そうすれば 詳しいことは 後でいいから
　いい知らせ？ 悪いもの？ どちらなの？
　それだけで いいのですから

乳母

　やれやれ これは お嬢さま よく考えず
　馬鹿な選択 しましたね
　男性の 選び方 知らないですね
　ロミオですって！ だめですよ あんな人
　誰よりも イケメンで 脚もスラッと カッコいい
　手も足も 体つきも なんてこと ないのですけど

他の男性と 比較したなら 格段上で
礼儀にしても 模範には ほど遠いのに
子羊のように おとなしい
ご自分の道 お進みなさい 神様にお祈りを
おやっ！ お家で食事 済まされました？

ジュリエット

違うでしょう それじゃない
そんなこと ずっと前から 分かってる
あの人は 結婚のこと どう言ってたの？ それはどうなの?!

乳母

大変よ！ ひどい頭痛が！ 頭が重い！
粉々に 頭が割れそう 体の後ろの 背中もよ
ああ 背中が 背中が痛い お嬢さまの せいですよ
あちらこちらと この私 駆けずり回り 死にそうですよ

ジュリエット

体調を 壊してしまい 本当に ごめんなさいね
大好きで 優しくて 素敵な婆や
それで返事は どうなのよ?!

乳母

正直で 紳士的 礼儀正しく 親切で
ご立派な方と 保証できます あの方が 仰るのには
— お母さまは どちらです？

ジュリエット

お母さまが どこかって？ お家の中に 決まってるでしょ！

他のどこに いると言うのよ⁉ なんておかしな 返事なの⁉
「立派な紳士の あの方が 仰るのには
── お母さまは どちらです？」

乳母

おや これは お嬢さま 少しホットに なり過ぎですよ
痛んだ骨の お手当は 湿布薬です？
これから先は お使いなんか ご自分で なさることです

ジュリエット

なぜそんなにも やきもきさせるの⁉
さあ 早く！ ロミオは何て 言ったのですか⁉

乳母

今日の午後 懺悔に行くと いう許可を もらいましたか？

ジュリエット

もらっているわ

乳母

それならすぐに ロレンス神父の 所へと お急ぎなさい
そこであなたを 妻とする ご主人が お待ちです
ほら その頬が 青春の血で 染まっています
どんなことでも すぐに真っ赤に 染まる頬
教会に 急ぐのですよ
私は別の 道を辿って 縄梯子 取りに行かねば なりません
お嬢さまの 愛する人が 夜更けになれば
それを伝って 小鳥の巣へと 登ってきます
この私 お嬢さまの 喜びのため 骨折り役で 下働き

夜が来たなら お嬢さまが 愛する人の「下働き」よ
さあ早く！ 私は食事に お嬢さまは 神父さまの 所へと！
ジュリエット
素晴らしい 幸運の もとへと私 出かけるのだわ！
信頼できる 婆やだわ 行ってきます （二人 退場）

第6場

修道士ロレンスの小部屋

（ロミオ 登場）

ロレンス
天よ この 聖なる儀式に 祝福を 与え給え
後(のち)の日に 悲しみにより 我々を 罰せ給(たも)うな
ロミオ
アーメン アーメン！ どのような 悲しみが 来ようとも
彼女を見詰める 一時(ひととき)の 喜びを
消し去るほどの 力はないに 違いない
聖なる言葉で 二人の手を 結び合わせて 頂けますか？
そうなれば 愛などを 貪(むさぼ)り食う
死神が 来ようとも 厭(いと)わない
あの人を 僕のものと 言えるのならば
もうそれで 充分です

ロレンス

   このような 過激なほどの 喜びには

   過激なほどの 結末が 待っている

   火や火薬 一瞬にして 爆発し 消え去るように

   喜びも キスの中で 蕩(とろ)けてしまう

   甘さ際立つ 蜂蜜も 甘美さ故に 厭わしく 思われて

   おいしさ故に 食欲が 失せてゆく

   それ故に 節度弁(わきま)え 愛することだ

   それが唯一 長続きする 愛の秘訣だ

   早過ぎるのは 遅過ぎるのと 同じほど 厄介(やっかい)だ

   (ジュリエット 登場)

   その人が やって来る ああ 軽快な 足取りだ

   あの軽さでは 頑丈な 石畳 磨(す)り減ることは ないだろう

   恋する者は クモの糸の 上に立ち

   浮気な夏の 風に吹かれて 戯れるのに 落ちはしない

   気まぐれな 幻想に似て 実体がない

ジュリエット

   こんにちは 神父さま

ロレンス

   ロミオがわしの 挨拶も兼ね 返事するはず

ジュリエット

   では ロミオにも 私から そうしないなら

お返しのほうが 多過ぎますね
ロミオ
　　ああ ジュリエット 君の喜び その大きさが
　　僕のものと 同じであって
　　僕より君が 上手にそれを 語れるのなら
　　君の言葉で 辺りの空気を 甘美なものに 変化させ
　　音楽のような 豊かな音色 その声で
　　僕ら二人の 貴重な出会い それにより 今ここに得た
　　夢のような 幸せを 奏でてほしい
ジュリエット
　　言葉以上に 心には 満ち溢れ来る 実体が ありますよ
　　飾るのでなく その価値を 認めて誇る そうしましょうね
　　価値などを 値踏みするのは 卑しい者の することよ
　　真実の 私の愛は 大きくなって
　　その豊かさの 半分さえも 数えることは できません
ロレンス
　　さあ 付いて来なさい 手短に 済ませることに するからな
　　言っておくが 二人っきりに するわけに いかぬのだ
　　神聖な 教会が 二人を一つに 結ぶまで … （三人 退場）

第3幕

第1場

路上

(マキューショ、ベンヴォリオ、従者達 登場)

ベンヴォリオ

　なあ マキューショ 帰ろうぜ
　日差しは強いし キャピュレットの 連中が
　うろついている
　出会ったならば 一悶着は 避けられないぞ
　こんなに暑い 日が続く今 カッと頭に 血が上る

マキューショ

　おまえなんかは 酒場のドアを 開けるなり
　かっこ良く テーブルの上に 剣を置き
　「剣などに 用はない！」など 言っておき
　二杯目で 酔いが回ると 必要も 何もないのに
　バーテンダーに 剣を抜く

ベンヴォリオ

　俺さまが そんな男と 言うのかい？

マキューショ

まあ 落ち着けよ 気分次第で おまえなど
カッとなるのは イタリア中で 一番だ
気分屋だから 気分がすぐに 変わってしまう
気分がすぐに 変わるから 気分屋だ

ベンヴォリオ

何に対して？

マキューショ

対するものは 何もない 誰もない
おまえのような 奴は二人と いないから
二人いたとて お互いに 殺し合うから 後(あと)はゼロ
おまえなんかは おまえより どこの誰かが
髭が一本 多いとか 少ないとかで 口喧嘩 始めるからな
それにだな どこの誰かが
ハシバミの実を 割っていたなら
自分の目 薄茶色だと いちゃもんを つけたりするな
どんな目かって？ そんな目だ 喧嘩の種を 探してるのは
おまえの頭 卵の中身 そっくりで
喧嘩の口実 詰まってる
喧嘩のせいで おまえの頭 叩かれ続け いかれてる
おまえの犬が 日向ぼっこを していたときに
通りを歩く男が 咳を したことで
犬が目を 覚ましたと 言いがかり つけたよな
復活祭の 直前に 仕立屋が

新しい 上着を着たと いうだけで
喧嘩を売った ことがある
新しい靴に 古いリボンを 付けたからと 怒った奴が
この俺に 喧嘩はだめと 説教か!?

ベンヴォリオ

もし俺が おまえのように 喧嘩好きなら
俺の命を 買う奴は 1 時間と 15 分
その時間分 支払うことに なるだろう

マキューショ

永続的な 所有[50]だよ！ シンプルなこと！

ベンヴォリオ

ほら見ろよ！ キャピュレットの 連中が やって来た

マキューショ

見なくてもいい！ それがどうした?!

(ティボルト、その他 登場)

ティボルト

後ろから 付いて来い 奴らに声を かけるから
紳士諸君 ご機嫌よう 誰か一人と 話がしたい

マキューショ

誰か一人と お話だけか？

---

50 原典 "fees-simple" 家屋敷の所有権が、その主人と子孫に代々継承
   されること。

何かおまけは 要らないのかい？
お話と それに加えて 喧嘩なんか どうなのだ？
ティボルト
充分 用意は できている
何らかの きっかけを くれるなら
マキューショ
そんなもの もらわなくても 自分で作れ！
ティボルト
マキューショ おまえ ロミオの グループだよな
マキューショ
グループだって？ 何だよそれは？
俺達を 音楽隊と 思ってるのか？
聞かせてやろうか 不協和音を！
ほらここに バイオリン弾く 弓がある　（剣を指差す）
これに合わせて 踊らせようか この野郎！ グルだって！
ベンヴォリオ
ここは人目に つくからな 人気(ひとけ)のない 所に行くか
この場所で 冷静に 不満のことで 話し合おう
そうじゃないなら 別れよう
ほら みんな 俺達を 見詰めてる
マキューショ
人間の目は 見るために 作られている
見たければ 見させておけば いいことだ
何があっても 俺は退(ひ)かない 俺だけは！

(ロミオ 登場)

ティボルト

〈マキューショに〉もうおまえには 用はない
俺が求める 奴(やつ)[51]が来た

マキューショ

おまえの家の 制服を ロミオに着ろと 言ったとしても
絶対に ロミオは着ない
さあ先に 決闘の場に 行けばいい
その後で ロミオが行くぞ
それなら彼は フォロアーだ
キャピュレットなら そういう意味で
彼のこと 家来の意味で「男」だと 言ってもいいが

ティボルト

ロミオ 俺がおまえに 抱(いだ)いてる 憎悪のことを 考えりゃ
この言葉が ぴったりだ おまえなど「悪党」だ

ロミオ

僕は君に 好感を持つ わけがあるので
そんな挨拶 されたなら 普通なら 頭に来るが
そのことも 聞き流す
言っておく 僕は悪党 なんかじゃないよ

---

51 原典 "my man" 裏の意味「俺の家来」。

君は僕を 知らないからだ ではこれで 別れよう

ティボルト

おい ロミオ そんな理由で おまえが俺に 与えた侮辱

帳消しになど ならないからな

だからこっちに 向き直り 剣を抜け

ロミオ

侮辱など したことないと 弁明するよ

君が思って いる以上 君のこと 僕は大事に 考えている

いずれは君も その理由 分かるだろうよ

だから君 キャピュレット その名前

僕のものと 同じほど 大切だから 前向きに 考えてくれ

マキューショ

ああ 無抵抗 不名誉で 恥ずべき 服従だ！

剣で勝負だ （剣を抜く）

ティボルト おまえなんかは ネズミ処理人

野原に付いて 来る気かい？

ティボルト

おまえはそこで この俺と 何をする気だ？

マキューショ

なんでもないよ 名誉ある 猫の王さま[52]

九つあると 言われてる 命の一つ もらい受けたぞ

その後は おまえの態度 次第では

52　猫の命は九つあると言われていた。

残りの八つ 完膚(かんぷ)なきまで 叩きのめして やるからな
諍(いさか)いの 決着だ 鞘から剣を 抜けばいい
早くしろ ぐずぐずしてると
おまえが剣を 抜く前に おまえの耳(みみ)を 削(そ)ぎ落とす[53]

ティボルト

（剣を抜き）相手になって やるからな

ロミオ

頼むから マキューショ 剣を収めろ

マキューショ

さあ来い おまえの突きを 見せてみろ （二人は闘う）

ロミオ

ベンヴォリオ 剣を抜き 二人の剣を 叩き落とせ！
二人とも 恥を知れ！ 怒りを鎮めろ！
ティボルト マキューショ 大公は ヴェローナの 街角で
争い事は 禁止だと 言明された
やめろ ティボルト！ 落ち着けよ マキューショ！
（ティボルト、仲間達 退場）

マキューショ

俺はやられた 両家とも 滅びるがいい！
俺はもう これでお陀仏
奴は逃げたか？ 傷さえも 負わずにか？

ベンヴォリオ

---

53 原典 "by the ears"「喧嘩 / 仲が悪いこと」。Sh. のしゃれ。

何だって?! 怪我をしたのか？

マキューショ

ああ 怪我だ かすり傷 かすり傷
本当に もうたくさんだ 召使い どこにいる？
おい おまえ 医者を今すぐ 呼んでこい　（召使い 退場）

ロミオ

しっかりしろよ 傷はそれほど 深くない

マキューショ

ああ 傷は 井戸ほど深く ないけれど
教会の 門ほど広く ないけれど
これで充分 致命傷
明日 この俺 訪ねてみろよ
俺はとっくに 墓の主にと なってるだろう
この俺は この世界とは 別れた後だ
両家とも 滅びるがいい！
とんでもないぞ 犬や野ネズミ 家ネズミ そして猫
人を引っ掻き 殺してしまう
算数の 教科書のよう１２３と 突いて来た
ほら吹きで ごろつきの 悪党め！
どうしておまえ 二人の間に 割って入った⁉
おまえの腕の 下から俺は 刺されたんだぞ

ロミオ

良かれと思い したことだった

マキューショ

ベンヴリオ どこかの家に 連れていっては くれないか
　さもないと 気絶する
　両家とも 滅びるがいい！
　この俺は ウジ虫の餌に されちまう
　やられたぞ グサッとな— 両家とも！
　(マキューショ、ベンヴォリオ 退場)

ロミオ

　この紳士 大公の 親族で 僕の親友
　それなのに 僕のせいで 致命傷を 負ったのだ
　ティボルトの 中傷で 僕の名誉は 傷付いた
　ティボルトと僕 一時間前 親戚と なったのに
　ああ 僕の大事な ジュリエット！
　僕の気質の 勇気の鋼
　君にある 美しさで 軟弱に なって来た

(ベンヴォリオ 登場)

ベンヴォリオ

　ああ ロミオ！ ロミオ！ マキューショは 死んでしまった
　勇敢な 魂は 雲の上にと 昇っていった
　時を待たずに 人生に 見切りをつけて…

ロミオ

　邪悪な今日の 破局の道が 始まって
　これから先に 暗雲が 立ち込める

悲痛なことが 更なる悲痛 呼び起こし 決着がつく

(ティボルト 登場)

ベンヴォリオ
血気盛んな ティボルトが 戻って来たぞ
ロミオ
生きていて！ 勝ち誇り！
マキューショを 刺し殺してか！
人にあるべき 慈悲の心が 死んでしまった
真っ赤に燃える 怒りが今の 僕の行動 支配する
おい ティボルト おまえがさっき 僕に与えた
悪党という 名前をここで 返してやるぞ
マキューショの霊 我らの頭上を さ迷っている
おまえの霊を 道連れに しようとし 待っている
おまえか僕か 両方が
マキューショと 共に行かねば ならないのだぞ
ティボルト
奴の仲間の 哀れなガキの おまえが一緒に 行けばいい！
ロミオ
それでは剣で 決着だ！
(二人は闘い ティボルトが倒れる)
ベンヴォリオ
ロミオ 逃げろよ！ ここからは 去っていけ！

町のみんなが 騒ぎ出したぞ
　　ティボルトは 死んでしまった
　　呆然として 立ってるな
　　もし捕まれば 大公は 死刑宣告 するだろう
　　だから逃げろよ 今すぐに！
ロミオ
　　ああ 僕は 運命に 翻弄される 愚か者
ベンヴォリオ
　　どうしてそこで じっとしている⁉　（ロミオ 退場）

　（市民達 登場）

市民1
　　マキューショを 殺した者は どこに逃げたか⁈
　　犯人の ティボルトは どこへ行ったか⁈
ベンヴォリオ
　　ティボルトならば そこに倒れて いるでしょう
市民1
　　さあ 私と共に 来てもらいます
　　大公の 名において 強制します

　（大公、従者達、モンタギュー夫妻、
　　キャピュレット夫妻、その他 登場）

大公

　この諍いの 張本人は どこにいる？

ベンヴォリオ

　大公さま この悍ましい 争いの 不運な経緯(けいい)
　包み隠さず 申し上げます
　大公さまの 親族の マキューショが
　ティボルトにより 殺されました
　それ故に ロミオがここに 倒れてる ティボルトを
　殺しました

キャピュレット夫人

　私の甥の ティボルトが！ 甥ですよ！
　ああ 大公さま ああ あなた 私の甥の 血が流されて…
　公正な 大公さま 私達 身内の者の 血の代償に
　モンタギューの血が 流されるべき ではありません?!
　ああ ティボルト！ 大切な甥！

大公

　ベンヴォリオ この流血の 騒動を 引き起こした
　張本人は 誰なのだ？

ベンヴォリオ

　ロミオが殺した ティボルトです
　ロミオは 喧嘩など つまらぬことで
　じっくりと 考えるよう 丁重に 話しかけ
　大公さまの お怒りに 触れるものだと
　説得を 試みました

第3幕

その間中 優しい口調で 穏やかな 眼差しで
膝を折り 頼みましたが
ティボルトの 手がつけられぬ 火のような 感情を
押えきれず 和解にも 耳を貸さずに
勇敢な マキューショの胸を 目掛けて剣を 突きました
マキューショも 血気盛んな 男です
死の刃(やいば) お互いに 斬り結び
片手にて 冷たい刃 払いのけ
もう片方で ティボルトを 突き返し
その機敏さで 互角の闘い しておりました
そのときに ロミオが 中に 割り込んで
「待て 二人とも お互いに 離れろよ」
そう叫び 素早く腕で 両者の剣を 払い除(の)け
二人の中に 入ったのです
その腕の下 ティボルトの 邪悪な剣が
強靭な マキューショの 心臓を 突きました
その後に ティボルトは 逃げたのですが
しばらくすると 戻ってきて
復讐心に 燃え立つロミオの 前に立つなり
二人はすぐに 稲妻(いなづま)のように 斬り合って
私が二人 止める間(ま)もなく ティボルトは 殺されました
ティボルトが 倒れると すぐ ロミオは 急ぎ 去りました
これが真実 命を懸けて 申します 嘘偽りは ありません

キャピュレット夫人

この男 モンタギュー家の 一人です
　　自分の身内 重んじて 事実を曲げて
　　嘘を言うのに 決まっています
　　この忌まわしい 諍いに 大人数で
　　取り囲み ティボルトを 殺したのです
　　大公さま どうか正義の お裁きを
　　ティボルトを 殺害したの ロミオです
　　ロミオには 死刑執行 お願いします
大公
　　ロミオが ティボルトを 殺害し
　　ティボルトは マキューショを 殺害したぞ
　　マキューショの 命奪った 者の罪 どうして裁く?!
モンタギュー
　　裁かれる者 ロミオでは ありません
　　息子は彼の 親友でした
　　親友の マキューショの死で ティボルトに 鉄槌下し
　　法に代わって 正義の裁き 為したまで
大公
　　法に委ねず その「裁き」為した罪にて
　　即刻ロミオ この地から 追放を 厳命致す
　　両家によって 起こされる 憎しみによる 諍いに
　　憂慮しておる
　　このわしの 一族の血も 粗暴なる 争いにより 流された
　　我が一門の 血が流されて

第３幕

おまえ達 反省させる ためもあり 厳罰に処す
陳情や 弁明は 一切聞かぬ
涙や祈りで 罪などは あがなえぬ そう心得よ
ロミオをすぐに 追放致せ
この町で 見つけたら 命はないぞ
この遺体 運び去り 我が命令に 従うのだぞ
殺人を 許すとは 人殺し 育成するに 等しい行為
（一同 退場）

第２場

キャピュレット家の庭園

（ジュリエット 登場）

ジュリエット

すみやかに 走るのよ！ 炎の脚(あし)の 馬達よ！
フィーバスの館まで[54]
パエトンならば[55] 鞭を当て 馬を西へと 走らせて
直ちに暗い 夜をもたらす はずですね

---

54 太陽神 アポロンのこと。
55 アポロンの息子で、父親の御者にしてもうように懇願し、望みは叶えられたが、馬車を制御する能力に欠けていて天道を外れたのでゼウスの怒りを買った。

愛を奏でる 素敵な夜よ！
分厚いカーテン 空に広げて 覆ってね
闇にまみれて 他人のことを 盗み見する 人達を 遮(さえぎ)って
私の胸に ロミオをしっかり 受け止める
誰一人 知ることもなく 見ることもなく
恋する者は 自らの美に 照らし合わせて
愛の儀式を するのです
もし恋が 盲目ならば 夜が最適
よそよそしい夜 さあ おいで
黒い礼服 身に纏(まと)う 女性のあなた
どうしたら 汚れなき 処女性を
誇らしい 結婚という「試合」[56]に於いて
どのように 勝ったなら 負けられるのか 教えてほしい
私の頬に 男性を 知らずして 騒(ざわ)つく血
私の顔に 黒いフードを 掛けてよね
初恋が 大胆になり 本当の 愛の行為が 慎ましやかと
思えるまでは
早く来て 夜！ 早く来て ロミオ！ 早く来て！
夜を明るく 照らす太陽！
夜の翼に 横たえる あなたの姿
カラスの背にと 降り落ちる 白い雪より まだ白い
早く来て！ 優しい夜よ！ 黒い顔した 愛すべき夜！

---

56 原典 "match"「結婚／試合」の二つの意味。

私にロミオ くださいね もし彼が 亡くなって
彼を受け取り 小さな星に 切り分けたなら
夜空眩(まぶ)しく 輝かせ
世界中の 人々が 夜空には 恋心 抱(いだ)くでしょうね
そしてもう ギラつく太陽 崇(あが)めたり しなくなるはず
ああ 愛の住処(すみか)を 買ったのに
自分のものに まだなってない
それに私は 買われたけれど
まだ楽しみを 味わって もらっていない
今日の日の入り なぜこんなにも 遅いのかしら
お祭り前夜 新しい服 買ってもらって
まだ着てはだめと 言われてる
じれったく 辛抱できない 子供のようね
ああ 婆やがここに やって来た

(縄梯子を持った乳母 登場)

何か知らせを 持って来たのね
ロミオの名前 言ってくれたら 天使の響き するのよね
ねえ 婆や 何のお知らせ? そこに持ってる 物は何?
ロミオが頼んだ 縄梯子なの?

乳母

はい そうですよ 縄梯子です　(地面に投げ出す)

ジュリエット

あら どうしたの？ 何の知らせよ?!
どうして両手 よじらせてるの!?

乳母

ああ もうだめですよ！ 死んだのですよ！ あの人が！
死んでしまった！ もう終わり お嬢さま おしまいですよ

ジュリエット

天はそれほど 悪意に満ちて いるのです？

乳母

神様じゃ ありません ロミオです ああ ロミオ ロミオ！
こんなこと 誰が予期など できたでしょう！
ロミオなのです！

ジュリエット

こんなにも 私を苦しめ あんたなんかは 悪魔なの?!
このような 拷問の 絶叫は 邪悪な地獄で 聞かれるものよ
ロミオは自殺 したのです？
もしあなた「アイ」[57]と言うなら
その母音「はい」の意味
その音は 鳥の怪物 コカトリス[58]の
人を刺す目 それよりひどい 毒がある
「アイ」なんて 言われれば

---

57 原典 "Aye"［発音はアイ］「はい（Yes）」の意味。
58 オスの鶏と蛇を併せ持った姿をしている伝説上の怪物。視線と息に猛毒があり、近寄って来た生物を殺すか石に変える。

「私」も「I」も death語になる
「アイ」なくなれば 彼の目も 私のも
閉じることに なるのです
もし彼が 死んだのならば 「アイ」と答えて
そうでないなら 「ノー」と答えて
たった一言 それだけで
幸福か 不幸かが 決まるのですよ

乳母

傷口を 見たのです 私の目で しっかりと 見たのです
ああ 神よ！ 救いの手を！ 男らしい 胸の辺りよ
痛々しい ご遺体で 血塗られた 痛ましい お姿で
灰色で 蒼ざめて 体中 血塗られて 血のりべったり
一目見て 気を失って しまいましたよ

ジュリエット

ああ 私の胸よ！ 張り裂けて しまえばいいわ！
なんという 破綻なの！ 今すぐに 砕ければいい！
目よ 監獄に 入ればいいわ 自由など 見てはだめ
卑しい土塊 大地に戻り そこに永眠 すればいい
私とロミオ 二人一緒に 棺台に のしかかるのね

乳母

ああ ティボルト！ ティボルト！

---

59 原典 "I" なんて言われれば "I am not I." という Sh. のしゃれ。(悪戦苦闘して仕上がった Ys. の訳)。
60 原典 "I" と "eye" の Sh. のしゃれ。

私には 良くしてくれた 大切な人
ああ 親切な ティボルト! 誠実な人
こんなにも 生き長らえて
あの方の 死に目に会うと いうことに…

ジュリエット

なんという 嵐なの?! 風向きが 変わったの?
ロミオ 殺され ティボルトは 死んだのですか?
愛しい従兄 それよりもっと 愛しい夫
恐ろしい トランペットよ 世の終わり 告げればいいわ
この二人 亡くなって 生きてられるの 誰なのよ?

乳母

ティボルトが死に ロミオ 追放ですよ
ティボルトを 殺したロミオ 追放に なりました

ジュリエット

ああ 何てこと!
ティボルトの 血を流したの ロミオなの?!

乳母

そうですよ そうなんですよ ひどいことです
そんなこと 起こってしまい…

ジュリエット

ああ 花のような 優しい顔に 隠された 蛇の心が!
あれほども 美しい 洞窟に 龍が潜んで いたなんて!
美しい 独裁者! 天使姿の 悪魔だわ!
鳩の羽した オオガラス

狼のよう 貪り食らう 羊だわ！
　見かけだけ 神々しくて 実体は 悍ましい
　外見と 中身とは 正反対ね
　地獄行き 確実の 聖人で 高潔な悪党よ
　ああ 自然よ！ 地獄であなた 何をなさるの?!
　あれほどの 素晴らしい 肉体を 備え持つ
　人間の 楽園の中
　いつ あなた 悪魔の魂 隠し入れたの？
　美しく 綴じられた 本の中
　あんなにも 悍ましい 内容が
　含まれたこと ありますか？
　ゴージャスな 宮殿に あれほどの虚偽 潜んでるとは！

乳母

　男なんての 信頼できず 忠誠心も 誠実さも ありません
　みんな邪悪で 嘘つきで 信用ならず 偽証する
　ああ！ ピーターは どこなのよ?! 私にお酒 持って来て
　この悲しみや この苦痛 この嘆き そのせいで 私は老ける
　ロミオ あんたなんかは 恥辱の海で 溺れ死ね！

ジュリエット

　そんな呪いを 言う口は 腫れ上がったら いいのだわ
　あの人に 恥ずべき点は 何もない
　恥のほうが 恥じ入って
　あの人の 顔の近くに 来ることないわ
　王冠が 名誉戴く 王座に就くの あの人よ

この広い 大地に於いて 唯一の 王者ですもの
　　あの人を こっぴどく 叱責してた 私なんかは 獣(けだもの)みたい
乳母
　　あなたの従兄を 殺した人を 誉めるのですか?!
ジュリエット
　　私の夫を 貶(けな)せばいいの？
　　ああ 可哀想 私のあなた
　　3時間の あなたの妻が ズタズタにした あなたの名声
　　どの口が 宥(なだ)めたり してくれるのよ
　　でも あなた 悪い人よ 私の従兄 なぜ殺したの？
　　あの悪い ティボルトが 私の夫 殺そうと したのでしょう
　　戻るのよ 愚かな涙 湧き出した もとの泉に 戻るのよ
　　あなたが落とす 涙の滴(しずく) 悲しみに 捧げるものよ
　　間違って 喜びのため あなた流して いたでしょう
　　ティボルトが 殺そうとした 私の夫は 生きている
　　殺そうとした 張本人の ティボルトが 死んだのよ
　　これは本来 喜びのはず それなのに どうして泣くの？
　　「ティボルトの死」より ひどい言葉が あったから
　　それが私を 殺したのだわ 喜んで 忘れたいけど
　　もうだめよ 私の頭に こびり付いたの
　　呪われた 犯行が 罪人の 心から 消えないように
　　ティボルトが 死に ロミオ「追放！」
　　その「追放」よ たった一つの その言葉
　　「追放」という 言葉一つが 一万回も

ティボルトを 殺すのよ
　　ティボルトの死 それだけで 終わっていても
　　充分に 悲しいことよ
　　苦い悲しみ 仲間を求め
　　他の悲しみを どうしても 道連れに するのなら
　　「ティボルトが死に」その言葉に 続くのは 普通なら
　　「お父さま」とか「お母さま」とか
　　「ご両親」で あるべきよ
　　それならば 通常の 嘆きですべて 終わっていたわ
　　でも「ティボルトの死に」その後に 続く言葉が
　　「ロミオ追放」その一言で
　　父や母 ティボルト ロミオ ジュリエット
　　みんな殺され みんな死ぬ「ロミオ追放！」
　　その言葉には 終わりなく 制限もなく 長さなく
　　範囲も何も ないのです
　　その悲しみを 表現できる 言葉など ありません
　　── 婆や お父さまや お母さま どこなのですか？

乳母

　　ティボルトの 遺体の前で 嘆き悲しみ
　　涙流して おられます
　　お二人の 所へと 行かれます？ お連れしましょう

ジュリエット

　　ティボルトの傷 涙で洗い 清めてるのね
　　二人の涙 涸(か)れたとき

私の涙 追放された ロミオのために 流しましょう
　　この縄梯子 持って上がって
　　哀れなロープ 騙(だま)されたのね あなたも私も
　　だって ロミオは 追放処分
　　彼はあなたを 私のベッドへ 繋(つな)ぐ橋とし 用意したのに
　　この私 処女のまま 未亡人にと 成り果てて
　　死んでゆくのよ
　　さあ 行きましょう 縄梯子 婆やもね
　　行きましょう 私一人の ウェディング・ベッドへと
　　ロミオではなく 死神と 私は今夜 結ばれる

乳母

　　寝室に お急ぎなさい
　　お嬢さまを お慰め するために
　　ロミオをここへ 連れて来て あげましょう
　　どこにいるのか よく知ってます
　　しっかりと お聞きなさいな
　　ロミオは今夜 ここに来ますよ
　　あの人の 所へと 行って来ましょう
　　ロレンス神父の 小部屋にて 隠れています

ジュリエット

　　ああ 行って来て
　　この指輪 私の「騎士」に 差しあげて
　　最後のお別れ するために 会いに来るよう お願いしてね
　　（二人 退場）

第3場

修道士ロレンスの小部屋

(修道士ロレンス 登場)

ロレンス

ロミオ ここへ来なさい 怖がらず 出て来るのです
苦しみが おまえの気質に 惚れ込んだのだ
苦難とおまえ 結婚をした

(ロミオ 登場)

ロミオ

神父さま 新しい 知らせでも あったのですか?
大公の お裁きは?
経験のない どのような 悲しみが
僕の所へ 知遇得ようと 来るのです?

ロレンス

そのような 陰鬱な(いんうつ) 連中と おまえはなぜか 親し過ぎるな
大公の 宣告を 知らせよう

ロミオ

大公の お裁きは
最後の審判 以下でもないし 以上でも ないでしょう

ロレンス

　大公の 口から出たの 寛大な 審判だ

　死刑ではなく 追放だ

ロミオ

　えっ?! 追放と！

　慈悲の気持ちが あるのなら 死刑宣告 願いたい

　追放処分 死刑より 恐ろしい 様相を しています

　追放などと 言わないで！

ロレンス

　ヴェローナからの 追放だ

　気を鎮めろよ 世界は広く 限りない

ロミオ

　ヴェローナの 壁を越えては 世界など ありません

　そこにあるのは 煉獄(れんごく)と 拷問と 地獄です

　それ故に 追放は この世からの 追放であり

　それは即ち 死刑です

　追放は 死刑とは なんの違いも ありません

　言葉のただの 誤用です

　死を追放と 呼ぶだけで 金の斧(おの)で 首を斬り

　僕を殺す 一撃に 酔いしれて いるだけのこと

ロレンス

　恐ろしい罪！ 神を畏(おそ)れぬ 恩知らず者

　おえまえの罪は 死刑にも 値するもの

　寛大な 大公は おまえにある 徳に免じて

法を曲げ 死刑ではなく 追放に されたのだ
　　これこそが 慈悲の心だ
　　おまえには そのことが 分からぬか！
ロミオ
　　慈悲などで ありません 拷問です
　　天国は ジュリエットが住む この地です
　　犬や猫 子ネズミや つまらない 生き物すべて
　　ジュリエットを 見ることが できるのに
　　僕にだけ そのことが 許されず
　　ロミオより 肉蠅(にくばえ)[61] のほうが 法に背(そむ)かず
　　名誉ある 存在で 求愛も できるのだ
　　それらのものは ジュリエットの 白い手に
　　触れることも 自由だし
　　こっそりと 彼女の清い 唇から
　　永遠の 祝福を得る ことさえも できるのだ
　　慎ましやかな 乙女にある 恥じらいで
　　ジュリエットは キスすることも 罪だとし 赤面する
　　「蠅」[62]にはそれが 許されて
　　僕はここから「飛ばされる」
　　彼らは自由 僕は追放
　　神父さま それでも追放 死ではないと 仰るのです？
　　調合された 毒薬か 切れ味が 鋭いナイフ

61　銀色の蠅で死んだり死にかけている動物にたかる。
62　原典 "fly"「蠅」と「飛ぶ」の意味がある。Sh. のしゃれ。

「卑しい[63]」仕方 ではなくて
すぐさま死ねる「手段」は何か ないのです？
追放で 死ぬなんて！
ああ 神父さま 追放なんて 最低ですよ！
地獄で使う 呪われた 言葉です
その言葉 発すると ハウリング 起こります
神に仕えて 懺悔を聴いて 罪を赦す 神父さま
皆も知る 僕の友の 神父さま
追放などと いう言葉にて
僕の心を ズタズタに 引き裂くなんて
神父さまには お心が 本当に あるのです?!

ロレンス

恋に狂った おまえだが わしの言うこと よく聞きなさい

ロミオ

また追放と 言われるのでしょう

ロレンス

その言葉から 身を守る 防御服を 与えよう
哲学にては「逆境は 甘いミルク」だ
追放されても 慰めがある

ロミオ

また「追放」だ！ 哲学なんて 無関係です
哲学で ジュリエットは 創れない

---

63 原典 "mean"「卑しい」、"means"「手段」。Sh. のしゃれ。

町全体は 変えられない 大公の 宣言も 取り消せないし
助けにならず 効力もなく もうその話 やめてください
ロレンス

なるほどな 狂った者は 聞く耳持たず…
ロミオ

賢者にも 見る目がないのと 同じです
ロレンス

今おまえ 置かれてる 状況を 話し合おう
ロミオ

自分でも 分からないのに 話すことなど できません
神父さま あなたが僕と 同じほど 年若く
ジュリエットを 愛していて
結婚の 一時間後に ティボルトを 殺してしまい
僕ほども 恋に溺れて
僕のように 追放されれば 話し合えます
そうなれば 僕がするよう 髪の毛を 掻きむしり
まだできてない 墓のサイズを 測るため
地面の上に 倒れ込むはず （奥でノックの音）
ロレンス

静かにしてろ！ あのノック 誰だろう？
ロミオ 立て 逮捕されるぞ ちょっと待て 立ち上がれ
（ノックの音）
書斎に走れ ― お待ちください 今すぐに！ ―
なんてことだ！ 聞き分けがない！

——はい 今すぐに 今 お開け しますから （ノックの音）
誰ですか？ そんなにも 激しくノック する人は？
どちらから おいでです？ なんの用事で…？

乳母

（奥で）入れてください 用件は 中でお話し 致します
ジュリエットさまの お使いで…

ロレンス

それならどうぞ

（乳母 登場）

乳母

ああ 神父さま 言ってください
お嬢さまの ご主人の ロミオは どこに？

ロレンス

自分の涙に 酔いしれて あそこの床に 倒れ伏してる

乳母

ああ それは お嬢さまの ご様子と 全く同じ
痛ましい 共鳴ですね 哀れを誘う 状態ですわ
お嬢さまも 同じよう うつ伏せになり
ワーワーと 泣き喚(わめ)いたり しくしくと 泣いたりし
また しくしくと泣き ワーワーと 泣き喚いて おられます
立ちなさい 立つのです 男なんでしょう
ジュリエットのため あの娘(こ)のために

しっかりと 立ってください
なぜそんなにも「O！O！[64]」と
深い叫びの「輪[65]」の中に 落ちてしまうの?!

ロミオ

婆や！

乳母

まあ まあ あなた！ それほどまでに …
すべての終わり 死ぬときですよ

ロミオ

ジュリエットのこと 話していたね どうしてるんだ？
僕のこと 老練の 人殺しだと 思っていない？
ジュリエットの血 流してないが 身内の者の 血を流し
僕達の 生まれたばかりの 喜びは
台無しに なってしまった
あの人は どこにいる？ どうしてるんだ？
秘密の妻は 無効になった この愛を どう言っている？

乳母

ああ 言葉にならず ただ泣き続け
ベッドに倒れ 起き上がり
ティボルトと呼び ロミオと叫び
そしてまた うつ伏せに ベッドに倒れて しまうのですよ

ロミオ

---

64 「オー！ オー！」と読む。嘆きの声。
65 「O」が「輪」の形をしている。

僕の名前は 人の命を 奪う銃から 発射され
ジュリエットを 殺してしまう
呪われた 僕の手が 彼女の身内 殺したからな
ねえ 神父さま 言ってください
僕の名前は この忌まわしい 体のどこに 付いてるのです？
それが分かれば 悍ましい 自分の「家」を 破壊してやる
（剣を抜く）
ロレンス
剣は収めろ！ それでもおまえ 男なのか?!
見た目には 男だが その涙 女々しいぞ
その乱暴な 振る舞いは
理性など 持ってない 獣の 怒りそのもの
外見は 男であるが 内面は 腐った女
いや 見かけだけ 人間で 内実は 野獣だな
呆れた奴だ 実際わしは おまえの気質 知っておる
自制心 兼ね備えてると 思っておった
ティボルトを 殺したからと 自分を殺し
自分のことが 憎いので
おまえのことを 命と頼る 女性をも 殺す気か?!
自分の命 更にまた 天も地も 呪うとは！
おまえが生まれ 天も地も おまえの中に
統合されて 存在しておる
それを一挙に なくそうと する気なのか！
それはいかんぞ！

ロミオ おまえは 自分の姿 愛や知性を 辱めている
すべての面で 恵まれて いるのにも かかわらず
高利貸しが 金(かね)に対して するように
正しく使う 方法を 知らないままだ
それを正しく 使うなら
おまえの姿 愛や知性は 美しく 飾られるのに
男が勇気 失くしたならば
高貴な姿 ロウ人形に しか過ぎぬ
大切にすると 誓った愛を 殺すなら
おまえの愛の 誓いなど 偽証罪に 問われるぞ
おまえの姿や おまえの愛を 飾る知性が
そうしたものの 導き方を 誤ると
新米の 兵士持つ 火薬壺に 入れられた 火薬と同じ
自らの 無知により 火を点火させ
防御のための 武器なのに 身を粉々に してしまう
どうした?! ロミオ! 立ち上がれ!
おまえの妻の ジュリエット 生きている
その人の ためならば 命を懸けて いいと思った
それだけで おまえなど 幸せ者だ
ティボルトが おまえを殺して いたかもしれぬ
だが おまえ ティボルトを 殺したな それも幸運
死刑宣告 すべき法律 おまえを助け
追放と 軽減だ それも幸運
多くの幸運 後光のように

おまえの背に キラキラと 輝いて
盛装し おまえに求愛 しようとしてる
躾(しつけ)が悪く 不機嫌な 女のように
自分の幸運 自分の愛に ふくれっ面(つら)を してはならない
気をつけろ 気をつけるのだ
そうした者は 惨(みじ)めな死に方 するからな
さあ ロミオ 天命を受け 愛する者の 所へと 急ぐのだ
寝室に 駆け登り 早く行け！ ジュリエットを 慰めてやれ
だが 注意しろ 夜警が見回る 時間までには 立ち去れよ
遅れれば マンチュアへの 城門が 閉まってしまう
そこでしばらく 暮らすのだ
我々は 君ら二人の 実質的な 結婚への
道筋を しっかり 作り
まずは両家を 和解させ 大公に 許しを乞うて
きっとおまえを 呼び戻すから
嘆き悲しみ 出て行った ときと比べて
何百万倍の 喜びとなる
婆や おまえは 先に帰って
ジュリエットには 希望持つよう 言ってくれ
その他に 彼女には 家の者らを 早く寝るよう
言わせるのだぞ
悲しみに 打ちひしがれた 家だから
静かに休む ことだろう
ロミオはすぐに 行かせるからな

乳母

　ああ 一晩中 ここにいて 神父さまの もっともな お説教を
　聞いていたい ほどですわ
　なんとまあ 博識な 神父さま
　ロミオさま お嬢さまには 訪問のこと お伝えします

ロミオ

　そうしておくれ
　愛する人の 諌（いさ）めの言葉 聞く用意 できてるからと …

乳母

　この指輪 お嬢さまから 渡すようにと 言われた物よ
　本当に お急ぎを！ 夜もずいぶん 更（ふ）けてきました　（退場）

ロミオ

　これのおかげで 生きる元気が 出てきたぞ！

ロレンス

　早く行け！ これでもう お別れだ
　おまえがすべき ことだけを 言っておく
　夜警が町を 見回る前に ここを去れ
　そうでなければ 夜明けには
　変装をして 出て行くか そのどちらかだ
　しばらくは マンチュアに いるように
　おまえの家の 召使い 見つけ出し
　この地で起こる 良い知らせ あったなら
　その都度（つど）彼に 伝えさせよう
　握手をしよう 遅くなったな さようなら おやすみなさい

ロミオ

喜びに 勝(まさ)る喜び 噛み締めて 出かけます
これがなければ 神父さまとの せわしい別れ
切ないものと なったでしょう お別れします　（二人 退場)

第4場

キャピュレット家の一室

（キャピュレット、キャピュレット夫人、パリス 登場）

キャピュレット

思いがけずに 不幸なことが ありまして
娘など 説得してる 時間など なかったのです
あの娘は 従兄のティボルト 気に入って おりましたから
わしもでしたが―
まあ 人は 生まれてきたら 必ずや 死んでいきます
もう夜(よ)も更(ふ)けた 今夜娘は もう下りて 来ないでしょう
娘のことは お任せを
あなたがもしも 来られてなけりゃ
一時間前 このわしは 休んでたはず

パリス

「哀悼」の意を 捧げるときに
「愛情」の話なんかは 不敬の至り

奥さま 今日は これで失礼 致します
お嬢さまには どうぞ宜しく

キャピュレット夫人

やってみますわ 明日の早朝 娘の気持ち 聞いておきます
今夜など 悲しみに 囚われて 籠の鳥です

キャピュレット

パリス伯爵 何があっても 娘の愛を 私から 与えましょう
娘はわしの 言うことならば どんなことでも 聞くだろう
絶対に 服従だ 疑う余地は 何もない
〈夫人に〉おい おまえ 寝る前に 娘の部屋に 行ってみて
我が婿の パリス殿の 愛の気持ちを 伝えるのだぞ
そして おい よく聞けよ 次の水曜 娘には—
ああ ちょっと 今日は一体 何曜日だ？

パリス

月曜日です

キャピュレット

月曜か！ ハハ そうか それなら水曜 近過ぎる
では 木曜日 そうするぞ 木曜日だと 娘には 言っておけ
この伯爵と 結婚だ ご準備は 整いますか？ 伯爵
早過ぎません？ 壮大な式は 考えておりません
友人は 一人か二人
ここだけの 話だが ティボルトが 殺された今
近親者 ですからな 盛大で 性急な 結婚式は
ティボルトを 軽んじると 受け取られ かねません

それ故に 招待客は 6 人を 限度とし
　　その程度の 式にして 木曜日では いかがです？
パリス
　　私としては その木曜日 明日であって ほしいものです
キャピュレット
　　では 今日は これぐらいにし 木曜日と いうことで
　　〈夫人に〉寝る前に ジュリエットに会い
　　婚礼の日の 準備するよう 言っておけ
　　〈パリスに〉では さようなら
　　〈召使いに〉わしの部屋に 灯りを点けろ！
　　〈パリスに〉お先にどうぞ こんなに遅く なってしまって
　　しばらくしたら「こんなに早く」と 言えそうですね
　　お休みなさい　（一同 退場）

第5場

キャピュレット家の庭園

（［2階の窓辺に］ロミオ、ジュリエット 登場）

ジュリエット
　　もう あなた 行ってしまうの？ まだ夜は 明けていないわ
　　脅えてる あなたの耳に 入ったの 鳥のさえずり？

ヒバリじゃなくて ナイチンゲール[66]

　　夜毎あそこの ザクロの木で 歌うのよ

　　本当よ ナイチンゲール なんだから

ロミオ

　　朝の到来 告げる鳥は ヒバリだよ

　　ナイチンゲール ではないな

　　見てごらん 東の空を

　　千切れた雲を 邪(よこしま)な筋が 縁取っている

　　夜空を照らす キャンドルは 燃え尽きて

　　陽気な朝日が 靄(もや)立ち込める 山の頂きで 背伸びしている

　　僕は今 生きるため ここを去る

　　ここにいるなら 死が待っている

ジュリエット

　　あの光 朝日じゃないわ 私には それが分かるの

　　あの光 太陽が 吐き出した 彗星よ

　　マンチュアに 向かうあなたの 今宵限りの 道案内(みちしるべ)

　　もう少し ここにいて まだ行かなくて いいのですから

ロミオ

　　捕まっていい 死刑でもいい

　　君がそう 言うのなら 僕はそれで 満足だ

　　あの青白い 光など 朝の眼差(まなざ)し ではなくて

　　月の女神の シンシアの 弱い光の 照り返し[67]

66　紅褐色のツグミ科の渡り鳥。オスは繁殖期の夜に美しい声で鳴く。
67　ギリシャ神話。月と狩猟の女神。

頭上高く 大空に 響き渡った あの鳴き声も
ヒバリではない
僕だって 出て行くよりは この場所に 留まりたいよ
死よ おまえ 来るなら早く 来ればいい
ジュリエット そう望むなら
どうかしたのか？ 話をしよう まだ朝じゃない

ジュリエット

いえ 朝ですわ！ さあ早く 出て行って！
調子外れで 鳴いているのは ヒバリだわ
張り詰めた 不快な声で 鳴くヒバリ
その声は きれいだと 言う人が いるけれど
そうじゃない ヒバリの声は ロミオと私 引き裂くものよ
そのヒバリ 嫌(いや)なカエルと
目を取り替えたと 言う人が いるけれど
声も替えれば 良かったのだわ
その声で 私達を 恐れさせ 別れさせ
追い立てる声で ここからあなたを 追い出すのよね
さあ もう行って どんどん明るく なってくる

ロミオ

明るくなれば なるほど 僕達の 悲しみは 深くなる

（乳母 登場）

乳母

お嬢さま！
ジュリエット
婆や 何なの？
乳母
お母さまが こちらへすぐに いらっしゃいます
朝が来ました 用心なさい　（退場）
ジュリエット
では 窓よ 朝日を入れて
私の命の ロミオここから 送り出してね
ロミオ
さようなら さようなら！
もう一度 キスをして 下りてゆく
（ロミオ 縄梯子を使って下りる）
ジュリエット
もうこれで 行くのよね 愛するあなた 私の夫
手紙を書いて くださいね 毎日よ 一時間ごと
１分の中に 何日も あるのですから
こうやって 数えたら あなたに会える ときまでに
お婆さんに なってしまうわ
ロミオ
さようなら！ 機会があれば それを逃がさず
愛する君に 便りを出すよ
ジュリエット
また会えると 思ってる？

ロミオ

　絶対に 会えるって！ 時が来たなら

　この悲しみも 思い出として 話し合うこと できるだろう

ジュリエット

　ああ 私には 不安が過る 下にいる あなたのことが

　お墓の底に 入れられた 死人のように 見えたのよ

　私の視力 落ちたのか

　あなたの顔が 蒼ざめて 見えるのよ

ロミオ

　信じておくれ ジュリエット

　僕の目にさえ 同じよう 君がそう 見えるんだ

　果てしない 悲しみが 僕達の血を 飲み干したのだ

　Good-bye！ Good-bye！[68]　（退場）

ジュリエット

　ああ 運命よ 運命よ 人はあなたを 気まぐれと 言うけれど

　気まぐれならば 誠実で 知られてる あの方と

　何の関係 あるのです!?

　気まぐれならば それでいいわよ 運命さん

　あの方を 長期間 引き留めないで 私のもとに 返してよ

キャピュレット夫人

　（奥から）ジュリエット！ まだ起きてるの？

ジュリエット

68　原典 "Adiue!"［フランス語］「さようなら！」。

誰かしら?! お母さま？
　遅くまで 起きてたの？ それとも 早く 起きてきたの？
　何か変わった ことでも起こり
　ここに来られる ことになり …？

（キャピュレット夫人 登場）

キャピュレット夫人
　あら どうしたの？ ジュリエット！
ジュリエット
　お母さま 私 気分が 良くないの
キャピュレット夫人
　まだ 従兄の死を 嘆いてるのね
　ティボルトを 涙によって お墓から
　洗い出そうと いう気なの？
　たとえあなたが 洗い出しても
　あの子は二度と 生き返らない
　だから もう やめなさい
　適度の悲しみ 愛の深さを 示しはするが
　極度の悲しみ 知恵の欠落 示します
ジュリエット
　これほどの 喪失感を 味わえば 自然に涙 溢れます
キャピュレット夫人
　あなたが泣くの 近親者の ためではなくて

あの子を殺し 逃げ去った 者への気持ち なのでしょう
ジュリエット
近親者 ではなくて いなくなった 者への気持ち？
キャピュレット夫人
あの子の死より あの子を殺した 悪党が
生きてることが 悔しくて 泣くのでしょうね
ジュリエット
お母さま「悪党が」って 誰のこと？
キャピュレット夫人
あのロミオです
ジュリエット
〈傍白〉あの人と 悪魔との 間には
天と地の差が 歴然とある
あの人に 神の赦しが ありますように
心から 許しています この私
でも あの人ほどに 私の心 悲しませる人 いませんね
キャピュレット夫人
それ きっと 悪党の 殺人鬼 まだ生きて いるからよ
ジュリエット
ええ そうよ お母さま
私の手には 届かない 所にいる のですからね
従兄の死への 仕返しは 私一人で したいもの
キャピュレット夫人
恨(うら)みはきっと 晴らします

安心なさい だからもう 泣かないで
マンチュアに 人を遣り
まだ 世間には 知られていない 毒を少量 与えることで
ティボルトの いる所へと 送り込んで やりましょう
それであなたの 気が晴れるはず

ジュリエット

実際に 気が晴れたりは しないわよ
ロミオの姿 見るまでは — 死んだ姿を
従兄のことで 哀れな心 波立ってるの
お母さま 毒を持たせる 人が見つかり
それをするなら どうか私に 調合させて くださいね
ロミオがそれを 飲んだらすぐに
静かに息を 引き取るように
ああ その名前 聞く度に 私の心 痛みます
私の従兄 ティボルトに 抱(いだ)いてた
私の情愛 破壊した
張本人の 所へと 行けないなんて！

キャピュレット夫人

毒薬は どこからか 調達しなさい
使いを私 見つけましょう
でも今は 素晴らしい 知らせがあるの

ジュリエット

この状況で 良い知らせとは 嬉しいことね
お母さま それは何です？

キャピュレット夫人

　お父さま いろいろと 気が付く方(かた)よ
　憂鬱な あなたの心 晴れやかに するために
　喜びの日を お選びに なったのよ
　あなたにも 予期しないこと だろうけど
　私にも サプライズなの

ジュリエット

　お母さま 喜びの日って いつのこと？

キャピュレット夫人

　本当に 急なのですよ この木曜日 その朝に
　勇敢で お若くて 高貴な紳士
　パリス伯爵と 聖ペテロ 教会で
　あなたとの 結婚式が 決まったのよ
　花嫁に してくださるのよ

ジュリエット

　聖ペテロ 教会と 聖ペテロの 名に於いて
　私は彼と 結婚は 致しません
　なぜそんなにも 急なのですか?!
　結婚相手 まだ求婚に 来られても いないのに
　結婚などと！ 早過ぎません?!
　お母さま どうかよく お父さまに
　言ってください お願いします
　まだ結婚は しませんからね
　するのなら パリスさまより 憎んでる ロミオとします

予期しない 喜びの日って こんなこと?!
キャピュレット夫人
お父さまが お見えです
今のこと 自分で言って ご覧なさい
どのように 受け取られるか 確かめて みることね

(キャピュレット、乳母 登場)

キャピュレット
太陽が 沈むとき 大気の中に 霧雨が降り 露が浮く
我が兄上の 息子が死ぬと 土砂降りになる
さあ どうなのだ?「水路」の具合は?
何だって?! まだ泣いている?
降り続く雨? 小さな体に 舟あり 海あり 風もあり
海に似た おまえの目 涙の潮で 満ち引きしてる
帆船(はぶね)のおまえ 潮の流れに 翻弄(ほんろう)されて
溜め息は 風となる
涙と涙 ぶつかり合って 涙の波頭 荒れ狂う
今すぐ凪(なぎ)に ならないと おまえの体 瓦解(がかい)する
〈夫人に〉おい おまえ この子には
あの取り決めの ことはもう 言っておいたか?
キャピュレット夫人
ええ 言いました 感謝はするが 拒否すると
馬鹿な娘よ お墓(ぼ)相手に 結婚すれば いいんだわ

キャピュレット

ちょっと待て！ どういうことだ？ わけが分からん！
何だって？ 嫌だって？ ありがたいとは 思わない?!
誇らしく 思わない?! こんなにも 未熟な者を
ご立派な 紳士のもとに 嫁(とつ)がせて やるというのに
幸運と 思わないのか!?

ジュリエット

誇らしいとは 思えませんが ありがたいと 思っています
忌まわしいもの 誇ること できません
でも それも ご好意と 感謝してます

キャピュレット

何だって！ 何を言う！ 理屈をこねて！
どういうことだ！「誇らしく ありがたい」
だが「感謝はしない 誇らしくない」どういうことだ！
軽薄な娘だ 感謝の気持ち ないのに 感謝 しておいて
誇らしく ないのに 誇るとは
木曜のため 足腰を 鍛えておけよ
パリス伯爵に 付き従って
聖ペテロ 教会に 行くのだからな
嫌と言うなら 罪人用の ハードル[69]に乗せ 連れて行く
この蒼ざめた 腐れ肉！ おてんば娘！ 死人顔！

キャピュレット夫人

---

69 当時、罪人を刑場に運ぶ際の一種のそり。

まあ あなた！ 気が狂ったの?!
ジュリエット
お父さま 跪(ひざまず)き お願いします
どうか一言 お聞きください
キャピュレット
ああ 腹立たしい！ おてんば娘！ 親不孝者！
言っておく 木曜日には 教会へ 行くのだぞ
来ないなら もう二度と このわしに 顔を見せるな
黙ってろ 返事はするな 口答えなど 以(もっ)ての外(ほか)だ
我慢しきれず 手が出そう
〈夫人に〉なあ おまえ 子供一人を 授かるだけでは
恵まれないと 思っていたが
この一人でも 充分過ぎる
こんな娘(こ)を 持ったことも 忌まわしくなる
このろくでなし！
乳母
まあなんと お可哀想に！
旦那さま そんなにも 叱らなくても …
キャピュレット
何だって!? おせっかいだな 黙ってろ！ 分別を弁(わきま)えろ！
おまえの仲間と 話でも しておくがいい もう下がれ
乳母
旦那さまに 口答え してるのでは ありません
キャピュレット

もうよい これで ではまたな
乳母
お話ししては いけないのです？
キャピュレット
黙ってろ！ ぶつくさと 戯言(たわごと)を 言う奴だ
話したければ 酒でも飲んで 仲間とやれば いいことだ
ここでは それは 不必要だぞ
キャピュレット夫人
頭に血が 上(のぼ)り過ぎです
キャピュレット
何てことだ！ これが怒らずに いられるか?!
昼も夜も 季節を問わず 時間厭(いと)わず
仕事のときも 仕事の合間も 一人のときも 仲間がいても
わしの懸念は 一人娘の 結婚の ことだった
そして今 家柄も良く 広大な 領地があって
高等な 教育を受け 噂では 非の打ち所 ない青年で
どの点にても 理想的 人物を 婿として 見つけてやると
めそめそと 涙する あの馬鹿の 泣き人形が
幸運を 前にして 言うことは
「結婚しない 愛せない 若過ぎる お許しを」だ
もし おまえ 結婚しないと 言うのなら 許しはするが
どこにでも 勝手に行けば いいことだ
この家に 置いてはおかぬ
注意して よく考えろ 冗談で 言ってはいない

木曜は すぐそこだ 胸に手を当て 考えろ
　　わしの娘で あるのなら
　　わしが選んだ 者と結婚 するはずだ
　　しないなら 家を出て 人に乞い
　　飢えて路上で 死ぬがいい
　　財産も おまえには 譲らない 言った通りだ よく考えろ
　　この言葉 撤回したり しないから　（退場）
ジュリエット
　　この悲しみの 本質を 見通して
　　私のことを 哀れんで くれる神様は
　　雲の上には いないのかしら
　　ああ 大好きな お母さま
　　どうか私を 見捨てないで くださいね
　　この結婚を ひと月でも 一週間でも
　　遅らせて 頂けません?!
　　それがだめなら 新婚の ベッドは
　　ティボルトが 横たわる 暗いお墓に 置いてください
キャピュレット夫人
　　私には 言わないで 返す言葉は 何もないから　（退場）
ジュリエット
　　ああ 神様 ああ 婆や
　　どうしたら 結婚式を 止めさせられる?!
　　私の夫 この世に在って 私の誓約 天に在る
　　その誓約を 天から戻す ことできないわ

夫がこの世を 去ってゆき
天に昇って 私へと 送り届けて くれないと …
慰めて 助言して どうしてなのよ なぜなのよ！
私のような か弱き者を 天はなぜ
このような 苦境にと 立たせるのです?!
ねえ どうしてなのよ!?
勇気付ける 言葉はないの？ 婆や 慰めの 一言も?!

乳母
実際に ございます ロミオなど 追放ですよ
何があっても この地に戻り
お嬢さまを 取り返すなど できやしません
できるとしても 闇に紛(まぎ)れて
こうなったなら 状況を じっくりと 判断すると
お嬢さまは 伯爵と ご結婚 なさるのが 最上の策
まあ 伯爵は 気高い紳士
それに比べて ロミオなど 皿を拭(ふ)く ボロ布(ぎれ)ですよ
鷲(わし)でさえ 伯爵ほどの
青く 鋭く 透き通った 目を していませんよ
— ああ 万事休すと —
2回目の 結婚で お嬢さま 幸せに なれますよ
最初のよりは ずっといい
そうじゃなくても 最初の人は 亡くなって …
まあ 死んだも同然 この地では 役立たず

ジュリエット

心の底から そう思ってる？
乳母
神様に お誓いし 魂からです
そうでないなら 魂も 心も共に 地獄行き
ジュリエット
アーメン！
乳母
なんですって？
ジュリエット
そうね 婆やの言葉 慰めになったわよ
奥に入って お母さまに
「お父さまを 怒らせて その罪の お許しを もらうため
神父さまの 所へと 懺悔に行った」と お伝えしてね
乳母
ええ 伝えます それが何より ですからね　（退場）
ジュリエット
年寄りに 呪いあれ！ 最も卑劣な 悪魔だわ！
私に誓い 破らせようと するなんて ひどい罪！
ロミオに 比肩 できる者 誰もいないと 誉めそやし
その口で あれほども 悪しざまに 貶すとは！
もう あなたなど どこかに行って！
あなたと私は これでもう 赤の他人よ
これから私 神父さまの 所に行って
救いの道を 教えてもらう

すべての道が 閉ざされようと
私には 死ぬ力が 残っているわ　（退場）

第 4 幕

第 1 場

修道士ロレンスの小部屋

(修道士ロレンス、パリス伯爵 登場)

ロレンス

　木曜ですか？ 急な話で …

パリス

　我が義父となる キャピュレットさまの ご意向なので …
　私としては 遅らせる 理由は何も ないのです

ロレンス

　お嬢さまの 気持ちなど 聞いてないとか 仰った
　話の手順 不揃(ふぞろ)いですな

パリス

　ティボルトの死で ジュリエット 泣いてばかりで
　愛のことなど 話す機会が なかったのです
　涙に咽(むせ)ぶ 館では ヴィーナスが 微笑むことは ありません
　キャピュレットさま お嬢さまが あまりにも 悲しみの底
　深く沈んで 落ち込むと 危険だと お思いになり

我々の　結婚を　早めれば　涙の洪水　堰(せ)き止められると
　　決断を　なされたのです
　　独(ひと)り籠(こも)って　悩むより　連れ合いあれば　和(なご)むもの
　　急な話の　わけはこれです　ご理解は　頂けました？
ロレンス
　　〈傍白〉遅らせたいと　いう理由　分かってる
　　（声に出し）ほら　あそこ　お嬢さまが　いらっしゃる

　　（ジュリエット　登場）

パリス
　　出会えたの　良いタイミング　愛(いと)しい妻よ
ジュリエット
　　人の妻に　なったなら　そのように　呼ばれるのかしら？
パリス
　　木曜日　来たのなら「かしら」ではなく
　　「きっと」そう　なるでしょう
ジュリエット
　　「そうなる」のなら　なるでしょう
ロレンス
　　絶妙な　即答だ
パリス
　　懺悔(ざんげ)のために　神父さまの　所へと　来たのです？
ジュリエット

そのことに お答えすれば 懺悔にと なりますわ
パリス
　あなたが僕を 愛してること 神父さまに
　どうぞ告白 してくださいよ
ジュリエット
　「あの方」を 愛してると 告白します
パリス
　どうかそう してください あなたは僕を 愛してるんだ
ジュリエット
　もしそうならば 直接でなく
　隠れてそれを 言うほうが 価値があるわね
パリス
　残念ですね あなたの顔は 涙によって 損なわれてる
ジュリエット
　そんなことでは 涙が勝利 したことに ならないの？
　ずっと前から 損なわれ方 この程度です
パリス
　そんなこと 仰るの 涙以上に 良くありません
ジュリエット
　悪口では ありません 本当のこと
　自分の顔に 面と向かって 言っております
パリス
　その顔は 僕のもの だからこの僕 傷付けられる
ジュリエット

そうであるかも しれません 私のもので ないのですから
神父さま 今はお時間 ございます？
忙しいなら 夕べのミサの ときにまた 参りましょうか？

ロレンス

悲嘆に暮れる 神の子よ 今で良い
伯爵 失礼ですが 我々だけに してもらえます？

パリス

信仰の 妨げは 致しません
ジュリエットよ 木曜の 早朝に 参ります
そのときまで さようなら
聖なるキスを その頬に お預けします （退場）

ジュリエット

ねえ ドアを閉め その後で 私と共に 泣いてください
望みなく 救いなく どうしようも ありません

ロレンス

ああ ジュリエット その悲しみの わけは充分 知っている
わしにある 力では どうにもならぬ
今週の 木曜の 伯爵との 結婚式を
延ばすこと できないのだな

ジュリエット

仰らないで 神父さま そのことを ご存知ならば
それを止めさす 方法を 教えてください
神父さまの 賢明な お知恵でも 解決が できないのなら
この短剣で 今すぐに 解決します

私の決意 賢明と 言ってください
神様は 私の心と ロミオの心を 結んでくださり
神父さまには 二人の手を 差し出しました
ロミオに預けた この手が別の 結婚の
証文と 成り果てるとか
正直な 私の心 謀叛(むほん)を起こし 別の人に 移るのならば
この剣で 心も手をも 抹殺します
お願いだから 神父さまの 長年の 経験の 蓄積で
得られた 知識 お使いになり
今すぐ何か 解決法を お示しください
さもないと ご覧ください
血に飢えた この短剣が 私と死との 調停に 入ってきて
神父さまの 経験や 学問で 解決できない 難問を
即決して くれるでしょう
良い方法を 見つけるのに 長い[70]時間は かけないで！
もう 私 死にたいのです 解決策が 無いのなら…

ロレンス

ちょっと待て！ 一縷(いちる)の望み 見つかった
実行するの 死にもの狂い そんな気持ちに ならないと
君達は 身動き取れぬ 死の瀬戸際に 立たされている
伯爵と 結婚を するぐらいなら
自害までする 強い意志を 持っている

70　原典 "long"「長い」と「切望する」の二つの意味。Sh. のしゃれ。

その意志が あるのなら 死自体が 逃げ惑う ほどのこと
  やり遂げるなら 恥辱など 追い払うこと できるだろう
  あえてそれ 決行すると 言うのなら 救いの道を 授けよう

ジュリエット

  ああ 伯爵と 結婚を するぐらいなら
  あそこに見える 塔の屋根から 飛び降りて 見せましょう
  強盗が 徘徊してる 道でも歩き
  毒蛇が棲む 所でも 身を隠します
  吠える熊と 同じ鎖に 繋がれても 構わない
  夜が来たなら 納骨堂に 閉じ込められて
  ガタガタ鳴らす 死人の骨や 悪臭放つ 脛の骨
  顎が無く 黄ばんだ 髑髏にでも
  身を覆われる ほうがまだましよ
  出来たばかりの お墓に入り
  死人を包んだ 白い布 纏うなど
  人が言うのを 聞くだけで 身震いが 起こること
  恐れずに やってのけます
  愛する人の 妻として 清らかに 生きられるなら…

ロレンス

  では その話 それぐらいにし
  家に帰って 楽しげに 振る舞って
  パリスとの 結婚を 承知しなさい
  明日は水曜 明日の晩 たった一人で 寝るように
  あなたの部屋で 乳母などを 寝かせては なりません

第4幕

この小瓶(こびん)を 持ち帰り
ベッドの中で この中の 蒸溜液を 飲み干しなさい
そうするとすぐ 体中 冷たくなって 眠くなる
脈は止まって 血流が 無くなって
体温や呼吸 無くなり 生きてはいるが
唇や頬の 赤味は 色褪(あ)せて 蒼ざめた 灰色になる
命の光 閉ざしてしまう
死のように 目の窓も 閉じられる
体中 しなやかな 動きが止まり
死んだよう 硬直し 冷たくなって いくのです
このように 萎え衰えた 仮の死の 姿を借(な)りて
42時間 過ごした後に
心地良い 眠りから 目を覚ますのだ
要するに 花婿が ベッドから あなたを 起こそうと
やって来る朝 あなたはもう 死んでいる
そうなると この国の 慣例に 従って
最上の 服に身を 包まれて
帽子は 被(かぶ)らず 棺台に 載せられて
キャピュレット家の 人々が 代々眠る
昔からある 納骨堂に 運ばれる
あなたが目覚める 前までに
我々の 計画を 手紙でロミオに 知らせておいて
彼をこちらに 呼び寄せて
彼とわしとで あなたの目覚めを 待つことにする

そしてその夜 ロミオはあなたを
マンチュアに 連れ出すのだよ
そうすれば この度の 恥辱から 逃れられる
揺れる心や 女々しい恐れ
行動の際に あなたの勇気 挫(くじ)かぬように！

ジュリエット

くださいそれを！ どうかください！
恐れたり するものですか！

ロレンス

落ち着いて！ 家に帰って 強い心で 決行しなさい
わしはすぐさま 修道僧に マンチュアの ロミオのもとに
手紙を持って 行かせよう

ジュリエット

愛よ！ どうか私に 強い力を 与え給え！
さようなら 神父さま　（二人 退場）

第２場

キャピュレット家の大広間

（キャピュレット夫人、乳母、召使い１＆２登場）

キャピュレット

ここに書かれた 方々に 招待状を 届けて来い

(召使い1 退場)
おまえはな 腕が立つ 料理人 20 人ほど かき集めて来い

召使い2

下手くそな 料理人など 連れて来ません
自分の指を 舐（な）められるのか 確かめますよ

キャピュレット

そんなことして 一体何を 確かめるのか？

召使い2

お任せを！ 自分の指を 舐めないコック 下手な奴
そんな輩（やから）は 失格ですよ

キャピュレット

行け 早く行け！　（召使い2 退場）
やるべきことが まだできてない
おい おまえ 娘一人で 神父のもとへ 行ったのか？

乳母

はい そのようですが…

キャピュレット

ひょっとして 神父は何か 説教でもして
気難しくて 我儘（わがまま）な 馬鹿な娘を
矯正しては くれまいか？

乳母

ほら 娘さま 懺悔から お戻りで
明るい顔で いらっしゃる

(ジュリエット 登場)

キャピュレット

　どうなんだ?! 強情な奴!
　一体おまえ どこをほっつき 歩いてた⁉

ジュリエット

　従順でなく お父さまの 言いつけに 逆らった 罪を悔い
　このように ひれ伏して お許しを 得るように
　神父さまから お教えを 頂きました
　申し訳 ありません お許しください
　これからは お父さまの 言い付けに
　なんなりと 従って 参ります

キャピュレット

　伯爵を 呼びにやれ こう告げるのだ
　「明日の朝にも この縁結び 終わらせる」と

ジュリエット

　神父さまの お部屋にて 伯爵に お会いして
　乙女の慎み 弁(わきま)えて 愛の気持ちを 伝えました

キャピュレット

　おや それは良かった 満足だ 立ちなさい
　すべてのことは こうあるべきだ 伯爵に お会いする
　さあ 誰か 伯爵の 所に行って
　彼をここへと 連れて来なさい
　神に誓って この神父には 町のみんなは

感謝しないと いけないな
ジュリエット
　　婆や お願いだから 私の部屋に 付いて来て
　　明日着るのに 相応しい 衣服選ぶの 手伝って
キャピュレット夫人
　　明日ではなくて 木曜でしょう 充分 時間 ありますよ
　　（ジュリエット、乳母 退場）
キャピュレット
　　さあ 婆や 付いて行け 明日揃(そろ)って
　　結婚式に 行くのだからな
キャピュレット夫人
　　準備するのに その時間では 足りないわ もうすぐ夜よ
キャピュレット
　　逆らうな！ わしが動けば どんなことでも 上手く行く
　　ジュリエットの 所へ行って 着飾るの 手伝ってやれ
　　わしは今夜は 徹夜だな わしに任せろ
　　今度ばかりは このわしが 女主人だ
　　おーい 誰か！ みんな揃って 出払ったのか?!
　　しかたない 伯爵の 所まで 歩いていって
　　明日の準備に 入ってもらう
　　わしの心は 見事に軽い
　　あの気まぐれで 頑固な娘が 改心なんか するとはな
　　（退場）

第3場

ジュリエットの部屋

(ジュリエット、乳母 登場)

ジュリエット

そうね この服 一番いいわ
ところで 婆や 今夜は私 一人にしてね
神様に 慈しみ(いつく) 頂けるよう
多くの祈り 捧げなければ ならないの
婆やには 知ってもらって いる通り
神の掟に 背く(そむ)など 罪深い ことでしょう

(キャピュレット夫人 登場)

キャピュレット夫人

ジュリエット! 忙しい? 手伝って もらいたい?

ジュリエット

いいえ 結構 ですからね 明日私に 必要な品
選り(え)すぐり ましたから
だから お願い どうか一人に しておいて くださいね
婆やも今夜 そちらにて お手伝い あるはずよ
こんなに急な 話ですから

いくら手が あったとしても 足りないでしょう
キャピュレット夫人
　　おやすみなさい 今すぐに ベッドに入り 休むのですよ
　　あなたには それが必要 なのだから
　　（キャピュレット夫人、乳母 退場）
ジュリエット
　　さようなら！ 今度いつ またお会い できるのかしら
　　かすかにだけど 冷たい恐怖が 血管を 震えさせてる
　　命の熱が 凍て付いて しまうほど…
　　二人をここに 呼び戻し 慰めて もらいましょう
　　婆や！ でも 婆やにここで 何ができるの?!
　　壮絶たる この場面 私一人で 演じきらねば！
　　さあ 小瓶 来るがいい
　　でも この薬 効かなかったら どうしたらいい？
　　明日の朝 結婚するの？
　　いや だめよ この剣が 許さない
　　しばらくここで 待っていて　（短剣を置く）
　　ロミオと私 結婚させて おいたのに
　　この結婚を 認めれば 自分の名誉に 傷が付く
　　神父さまが そう思い 偽って 毒を盛ったと したらどう?!
　　そうなのよ いいえ 絶対 それはない！
　　神父さまは 信頼できる 聖なるお方
　　邪な 考えを 私が持っては いけないわ
　　でも もしも ロミオが私を 救い出して くれる前

目覚めたら どうしよう？ そのことよ 恐ろしい点
新鮮な 空気など 入ってこない 地下納骨堂の
悍ましい 空気のせいで ロミオ来る前
私 窒息 してしまわない？
たとえ私が 生きていても 死と夜の 恐怖の他に
納骨堂に 納められてる 何百年もの 祖先の骨や
血まみれの ティボルトが 埋葬された ばかりなのに
死装束(しにそうぞく)に 包まれて 腐ってゆくの
そこでは 夜の ある時刻には
亡霊が 現れると 言われているし
ああ どうしよう?! どうしたらいい？
早過ぎる 目覚めとか 悍ましい 悪臭とか
土から 抜かれた マンドレイク[71]の 叫びのような
木霊(こだま)す声を 聞いた者 発狂すると 言われてるのに…
ああ 目覚めたら 忌まわしい 恐怖に囲まれ
気が触れて しまうかも しれないわ
そうなれば 先祖の遺骨 弄(もてあそ)び
斬り裂かれてる ティボルトを
死装束から 引きずり出して
怒り狂って 誰かも 分からず
親族の人の 遺骨を棒に 使い出し

---

71 古くは魔術や呪術に使われ、食べると幻覚や幻聴を起こす毒薬。「人」という字のような形をしていて、引き抜くと悲鳴を上げ、それを聞いた者は狂い死にすると言われる伝説上の植物。

絶望的な 私の頭を 打ち砕いたり するのかも
ほら あそこ！ 剣先で ティボルトの 体を 刺した
ロミオを探す 彼の亡霊 見える気がする
待って ティボルト！ 待ってよね！
ロミオ 今 行きますよ！
あなたのために これを飲み…
（カーテンが掛かっているベッドの中に倒れ込む）

第４場

キャピュレット家の大広間

（キャピュレット夫人、乳母 登場）

キャピュレット夫人
婆や 待って！ この鍵を 持って行き
もっと沢山 スパイスを 取って来て

乳母
台所では ナツメヤシ マルメロなどが 足りないようで…

（キャピュレット 登場）

キャピュレット
さあ しっかりと 働いて しっかりと！

二番鳥が 今鳴いた
　　外出禁止の 鐘が鳴ったぞ もう3時だ
　　食べ物の 焼き具合 気をつけろ！ アンジェリカ
　　費用など 気にするな

乳母

　　さあ さあ 早く 出て行って
　　女の仕事に 口出しやめて おやすみください
　　夜更かしすると ご病気に なられますよ

キャピュレット

　　これぐらい 大丈夫 言っておくが 今までも
　　これほども 大事なことじゃ なかったが
　　徹夜した だが病気には ならなかったぞ

キャピュレット夫人

　　ええ そうでした 若い頃には 遅くまで
　　ガールハントを なさってました
　　今はもう あなたが女性 ウォッチング してるのを
　　私がずっと 見張ってますよ
　　（キャピュレット夫人、乳母 退場）

キャピュレット

　　嫉妬だ！ 嫉妬！

　　（焼き串や薪や籠を持った3、4人の召使 登場）

　　おい おまえ それは一体 何なんだ？

召使い１

　料理用の 物ですが 私には 何なのか 分かりませんが…

キャピュレット

　急ぐのだ 早くそれを 持って行け　（召使い１ 退場）

　おい おまえ もっと乾いた 薪をすぐ 持って来い

　ピーターを呼べ 薪のある場所 教えてくれる

召使い２

　私には 頭あるので 頭身大の 薪[72]ぐらい

　見つけられます

　そんなことで ピーターを 煩わせたり

　しないでも いいですよ

キャピュレット

　これはまあ 絶妙な 言い方だ しゃれっ気の 強い奴だな

　おまえなんかは ちょっとイカレタ「ウミガメ」だ

　大変だ！ 夜が明ける

　伯爵が 音楽隊を 伴って きっとすぐ いらっしゃる

　確かそう 仰っていた　（奥で音楽の音）

　お近くに 来られてる

　婆や！ おまえ！ おーい！ 婆や どこにいるんだ?!

（乳母 登場）

72　原典 "log"「薪」（"log" と頭の "head" を合わせて "logger-head" になると「アカウミガメ」（馬鹿）の意味となる。Sh. のしゃれ。「頭身大」は「等身大」の Ys. のしゃれ。

ジュリエット 早く起こして 身支度を させるんだ
わしはパリスと 雑談を しておくからな
さあ 急ぐのだ 花婿は もう来られたぞ
急いで！ 早く！ （退場）

第5場

ジュリエットの部屋

（乳母 登場）

乳母

お嬢さま！ ねえ お嬢さま！ ジュリエット！
ぐっすりと おやすみのよう きっとそうだわ
まあ 子羊さま！ お嬢さま！
みっともないわ お寝坊さん
まあ あなた お聞きなさい！ お嬢さま！
可愛いお方！ ほら 花嫁さま！
なんてこと?! お返事は？ 寝だめです？ 一週間分？
今夜から 伯爵が ご一緒に お休みですね
そうなると ほとんどあなた 眠れない
あら いらぬ口出し ごめんなさいね
本当に アーメン ぐっすりと 眠っておられる

でも 起こさなくては お嬢さま お嬢さま お嬢さま！
ねえ ちょっと 伯爵さまが お迎えに
寝室にまで 来られたら
あなた それこそ びっくり仰天 ですからね
そうじゃないです？ まあ これは！ 服を着たまま?!
服を着替えて！ またおやすみに?!
起こさなければ！ お嬢さま！ お嬢さま！ お嬢さま！
ああ 大変よ！ 大変なこと！
誰か来て！ 早く来て！ お嬢さまが 死んでいる
こんな悲しい 日が来るなんて！
気付け薬を！ 誰か！ 旦那さま！ 奥さま！

(キャピュレット夫人 登場)

キャピュレット夫人
  どうしたの？ その騒ぎ
乳母
  ああ 嘆かわしい日！
キャピュレット夫人
  何があったの？
乳母
  ほら あれを ご覧ください！
キャピュレット夫人
  ああ これは！ 私の娘！ 私の命！

生き返り 目を開けて
そうでないなら 私も共に 死にますわ
助けて 誰か！ 早く助けて！

（キャピュレット 登場）

キャピュレット
何をしておる?! 娘を今すぐ 連れて来い
乳母
死んでおられます 亡くなられ もうお終いで！
忌まわしい日よ
キャピュレット夫人
何ていうこと！ 娘が死んだ?! 死んだって!?
死んだなんて！
キャピュレット
ハァ！ 見せてみろ！ ああ これは！
冷たくなって いるではないか！
血流止まり 関節は こわばっている
唇から 命の息吹 消え去って 時間がかなり 経過しておる
草原に咲く 最も可憐な 花に付く 霜のよう
ジュリエットに 死が下りたのだ
乳母
ああ 悲しい日！
キャピュレット夫人

何とまあ 嘆かわしい ことでしょう！
キャピュレット
　娘奪った 死がわしを 打ちのめし
　口を封じて 言葉を奪う

(ロレンス、パリス、演奏家達 登場)

ロレンス
　さて 花嫁は 教会に 来られる用意 できたでしょうか？
キャピュレット
　用意はすでに 整いました
　でも 二度と帰らぬ 人となり
　ああ 婿殿よ 婚礼の 前夜にて
　死神が 嫁を寝取って その花弁(はなびら)を むしり取り
　死神が 婿となり 死神が 跡取りと なったのだ
　わしも死に 死神に すべて与える ことになる
　命や私財 すべて皆(みな)
パリス
　今朝の到来 待ちわびて おりました
　それなのに こんな光景 見ることに なろうとは…
キャピュレット夫人
　呪われて 不幸に満ちて 忌まわしく 惨めな日！
　過去という 時の旅路の 足跡を 辿(たど)ってみても
　これほどの 不幸な時は なかったはずよ

たった一人の 哀れに満ちた 可愛い娘
私にとって 喜びと 慰め
一人娘を 残酷な死が 見えない所へ 連れ去りました

乳母

ああ 痛ましい 痛ましい！
こんな日は 今までに あったでしょうか？
嘆かわしくて こんなにも 悲しい日を
見ることに なるなんて！
ああ 憎むべき 憎むべき 憎むべき日よ！
これほどの 暗黒の日は ありません
悲しくて 淋しい日 …

パリス

騙されて 引き裂かれ 虐待されて 悩まされ 殺されて！
憎むべき 死神の おまえによって 裏切られ
残忍な 残忍な おまえによって 破壊された
ああ 恋する人よ 我が命 もうその命 無くなって
死せる恋人！

キャピュレット

侮辱され 悩まされ 憎まれて 迫害されて 殺された！
不快な時よ なぜおまえ 今日という 婚礼の日に
わしの娘の 命奪いに やって来た！ 殺人鬼！
ああ ジュリエット！ ああ 我が娘！
我が命！ だがもう おまえは いないのだ
死んでしまった わしの娘は 死んだのだ

娘と共に わしの喜び 葬られたぞ！
ロレンス
どうか 静かに！ 恥ずべきですよ
取り乱しても 死んだ者など 取り戻すこと できません
今までは 美しい娘さまを 天と地が 共有していた
今は天の 占有と なりました
そのことは 娘さまには 幸せと いうものですよ
大地のものは 死すべきものだ
天のもの 永久(とわ)の命を 与えられます
あなたの望み 娘さま 高い地位にと 昇ること
昇られたなら あなたは 幸せ だったはず
それなのに なぜ泣くのです？
娘さま 雲より高く 昇られたのに
天という 最高の 高さまで 昇られてます
娘さまの 幸せを 考えるなら
今のあなたの 愛などは 真(まこと)の愛と 言えぬもの
結婚し 長年生きて いることが
幸せという ことでもないし
結婚し 短命で あるほうが 幸せという こともある
涙を拭(ぬぐ)い 美しい 亡骸(なきがら)に ローズマリーの 花を捧げて
慣例に 従って 盛装をさせ 教会へ お連れください
愚かな情に 流されたなら— 嘆くのが 人の常だが—
情に溺れた 涙など 理性によれば
一笑(いっしょう)に 付されるものだ

キャピュレット

　祝いのために 用意したもの 陰鬱(いんうつ)な 葬儀のために

　供することに なるのだな

　華やかな 音楽は 弔いの鐘に

　結婚の 宴など 悲しい通夜に

　喜びの 讃美歌は 沈鬱(ちんうつ)な 哀歌になって

　結婚式の 花などは 棺の上に 撒(ま)かれることに

　なってしまって すべてのことが 真逆となった

ロレンス

　キャピュレットさま お先にどうぞ 次に奥さま

　その次に パリス伯爵

　さあ ここにいる 皆さま方よ

　ご遺体を 運びゆく 参列の ご準備を

　天は人の 罪や科(とが) 諫(いさ)めるために

　しかめっ面を なさったのです

　天のご意思に 逆らって 更なる怒りを 招くこと

　避けられるよう お願いします

　(キャピュレット、キャピュレット夫人、パリス伯爵、

　神父 退場)

演奏家1

　本当に 楽器をしまい 失礼しよう

乳母

　善良な 皆さまよ どうか音楽 おしまいになり

下がっておくれ 痛ましい ケース[73]ですから
演奏家1
　なるほどな 楽器を入れる ケースなら
　修繕も できるけど…

（ピーター 登場）

ピーター
　演奏家の 方々よ 「心の癒し」
　演奏しろよ 「心の癒し」
　聞かせろよ 俺の心を なんとかしろよ
演奏家1
　「心の癒し」で どうするのです？
ピーター
　ああ それは 「心は嘆き 溢れ来て」を
　俺の心が 演奏してる からなのさ
　だからこの俺 慰めるため 楽しい曲を やってくれ
演奏家2
　今はだめです 演奏できる ときじゃない
ピーター
　しないって 言うんだな?!
演奏家達

73　原典 "case"「箱」と「体」の二重の意味。Sh. のしゃれ。「ケース」は Ys. のしゃれ。「場合」と「箱」。

だめですね
ピーター
　してくれたなら 礼はたんまり してやるよ
演奏家 1
　何をくれると 言うのです？
ピーター
　誓って 金じゃ ないからな
　やるものは 冗談だ 聞きたけりゃ 歌でも歌う
演奏家 1
　では あんたには 使用人でも 与えましょうか？
ピーター
　くれたなら そいつの剣で おまえの頭 叩くから
　気まぐれで[74]言うんじゃないぜ
　「レ」とか「ラ」で お「レイ」参りの「ラン」暴を
　働いてやる 分かったか⁉[75]
演奏家 1
　「レ」と「ラ」で あんたがそれを やるのなら
　すぐに分かるよ
演奏家 2
　どうか その剣 腰にしまって
　ユーモアを 発揮したら どうなんですか？

74　原典 "crotchet"「気まぐれ」と「四分音符」の二重の意味。Sh. のしゃれ。
75　原典 "note"「気づく」と「音符」の二重の意味。Sh. のしゃれ。

ピーター

  では 俺が おまえらに 頓智問答(とんちもんどう) してやろう
  解けないような 難問で おまえらを ブチのめす
  炎にも 溶けぬ剣 しまうから 男らしく 答えろよ
    痛ましい 悲しみが 心に傷を 負わせたら
    はかない調べ 胸を打つ
    銀の調べの 音楽が—
  どうして「銀の調べ」なんだね？
  「銀の調べ」が なぜ胸を打つ？
  サイモン[76] 猫ガット君[77] 何と言う？[78]

演奏家1

  銀という 言葉には 美しい 響きがそこに あるからな

ピーター

  まあまあだ！ 君はどうだな？ ヒュー・レベック君[79]

演奏家2

  「銀の調べ」は 演奏家が 銀貨が欲しいと いう意味だな

---

76 原典 "Simon [says]"「サイモンが［言うと］」（子供の遊び）。リーダーの指示の中で、「サイモンが［言うと］」という掛け声が掛かったときにだけ他の者は動いてもよい。

77 原典 "Catling"「猫ガット／ストリング」。テニスのガットは羊の腸であったが、猫のガットは弦楽器のバイオリンやリュートなどに使用される。Simon Catling は仮名。Sh. のギャグ。

78 原典 "What say you?"「何を言う？」の意味。注76の "Simon says" としゃれが繋がっている。

79 原典 "hue" には「心／魂」の意味があり、"rebeck" には「3弦の弦楽器」の意味がある。

ピーター

まあまあだ！ 君はどうだな？

ジェイムズ・サウンドポスト君[80]

演奏家3

分かりませんな

ピーター

ああ とんだことだよ！ おまえはシンガー だったよな

おまえには 教えよう

その意味は「銀の音色の 音楽」のこと

理由はな おまえ達 演奏家には

金貨の音色 稼ぎ出せない そういうことだ

（歌う）銀の調べの 音楽も

　　　　急場凌ぎの 慰めになる　（退場）

演奏家1

なんだあの ケチな野郎は！

演奏家2

気にするな あんな奴 さあ 奥へ 行こうじゃないか

弔問客が 来るまで待てば ごちそうに ありつけるはず

（一同 退場）

80　原典 "James" [ジェイムズ]。ヘブライ語では「ヤコブ」でキリストの弟子の一人。"sound-post"「音の柱」の意味。

第5幕

第1場

路上

(ロミオ 登場)

ロミオ

夢に見た 喜ぶべき「真実」が
嬉しい事実の お告げかと
僕の心の 王座を占める 愛情は
今日の朝から 今までにない 浮かれ気分で
そわそわと 地に足が 着かないほどだ
ジュリエットが やって来て
死んだ僕 横たわってる 夢なのだ
奇妙な夢だ 死んだ人間
そのことを 考えて いるのだからな
そのときに ジュリエット この僕の 唇に キスをする
すぐさま僕は 生き返り 皇帝となる
ああ この僕は 愛に包まれ なんと素敵な ことだろう
愛の影で あったとしても こんなにも 喜びに

満ち溢れて いるのだからな

(ブーツを履いたバルサザー 登場)

ヴェローナからの 知らせだな！
どうだ 様子は？ バルサザー
神父さまから 手紙など 言付かったか？
ジュリエットは どうしてる？ 父上は お元気か？
ジュリエットは 元気なのかい？
また言ったけど 元気だと 聞くことは
何度聞いても 悪くない

バルサザー

あの方は 無事に 着かれて 大丈夫です
お体は キャピュレット家の 霊廟に お眠りとなり
魂はもう 天使のお傍に 行かれました
あの方が ご親族の 納骨堂に 納められるの
この目で 確と 見届けました
それですぐ そのことを お知らせに 来たのです
こんなにも 悪い知らせを 持って来て
申し訳 ありません
託された 私の任務 でしたので…

ロミオ

そんなこと 起こったなんて!?
それなら 僕は 運命の 星たちに 挑みかかるぞ

おまえは僕の 宿の場所 知ってるだろう
そこに行き インクと紙を 持って来てくれ
その後で 早馬を 雇うんだ 今夜にはここを 発つから

バルサザー

お願いします 短気起こさず 辛抱を！
顔が蒼ざめ 殺気立って おられます
不吉なことが 起こりそうです

ロミオ

馬鹿なこと！ 気のせいだ
今は一人で いたいんだ 言ったこと やってくれ
神父さまから 手紙など ないのかい?!

バルサザー

いえ 何も

ロミオ

まあ それはいい 早く行き 馬の用意を 頼んだぞ
すぐ後に 再会だ （バルサザー 退場）
ジュリエット 今夜にも 君のもとに 行くからな
だが その手段 どうしよう？
ああ 悍ましい 考えが 絶望的な 人の心に
こんなに早く 入り込むとは！
薬屋だ！ 思い出したぞ この辺りに 住んでいる
ひどい身なりで 恐ろしいほど 太い眉毛の 顔をして
草花を 選りすぐり 集めてた
頬は痩せ 惨めな 暮らしで やつれ果て

みすぼらしい 店の中 亀の甲羅や 剥製の鰐
　　奇妙な魚の 皮などが 置かれてた
　　店の棚には 取るに足らない 空箱や
　　緑の壺や 貯蔵袋や カビ臭い種 荷造り用の 紐の切れ端
　　香料にする バラの塊 あちらこちらに 散らばって
　　独特の 店の雰囲気 あったよな
　　この極貧の 様を見て この僕は 思ったものだ
　　もし誰か 毒薬が 欲しいなど 言ったとしても
　　マンチュアで 売ったなら 即刻死刑
　　だが あの店の 哀れな者は 売るだろう
　　ああ あの思い 今の思いの 前触れだった
　　極貧の あの男 きっと僕にも 毒薬を
　　売ってくれるに 違いない これが確かに その家だ
　　今日は休日 この店も 閉まってる
　　おーい おい 薬屋さんよ

　（薬屋 登場）

薬屋
　　大声で どなたです？
ロミオ
　　こちらまで 出て来てください
　　見たところ 貧しいようだ
　　ほら ここに 40 ダカット 持っている

これに見合った 毒薬を 少しだけ 分けてくれ
効き目が早く 血管を 駆け巡り この世の波に
翻弄された 者が即刻 死ねる薬を もらいたい
大砲から 発射され 破壊力ある 即効性の「丸（gun）薬」で
体から 息の根を 断ち切るものを

薬屋

そのような 死に至る 薬はここに ございます
でも マンチュアの 法律で
その売買を した者は 死刑です

ロミオ

貧困の どん底にあり 苦境に満ちて いる中で
死は今もなお 恐怖です？
その頬に 飢えがあり
その目には 逼迫と 抑圧が 映ってる
その背には 蔑みと 物乞いが 染み付いてる
この世にしても この世の法も
あなたの友じゃ ありません
この世も法も あなたを富ませる ものでない
それを破って これを取り 貧困からは 抜け出せばいい

薬屋

わしの意志では ないのだぞ
わしの貧困 あなたの説に 同意する

ロミオ

僕はあなたの 意思などを 買ってはいない

あなたの貧困 買い取りました
薬屋
　この毒薬を 液体に 溶かして飲めば
　あなたがもしも 20人力の 男でも 即死です
ロミオ
　さあ この金(かね)を 取ってください 人の心を 毒する金だ
　忌まわしい この世では 売買禁止の 少量の 毒よりも
　金という毒 多くの人の 生命を 奪ってきたぞ
　僕はあなたに 毒を売る あなたは何も 売ってはいない
　さようなら どうか食べ物 買いに行き
　栄養を つけてください
　さあ 行こう 毒ではなくて 心の友よ
　ジュリエットの お墓へと 一緒に行こう
　そこでは君に 助けてもらう ことになるから…　　（退場）

第2場

修道士ロレンスの小部屋

（修道士ジョン 登場）

ジョン
　フランシスコ会の 神父さま！ ロレンスさま！

(修道士ロレンス 登場)

ロレンス

その声は ジョン修道士に 違いない
マンチュアから よく戻られた ロミオはなんと？
手紙に彼の 今の気持ちが 綴られて いるのなら
それを拝見 させて頂く

ジョン

托鉢の 道連れにと 同門の僧を 捜してたとき
その僧が この町の 病人を
見舞ってるのを 見つけたのです
そのときに 運悪く 我々がいた家は
伝染病に 冒されている との疑いで
ドアを封鎖 されてしまって どこにも行けず
マンチュアへの 急ぎの用は 果たせずじまい

ロレンス

ロミオへの わしの手紙は 一体誰が…？

ジョン

届けることが できなくて
こうしてここに まだあるのです
こちらへそれを お返しするにも 感染を 怖がって
誰も使いを 引き受けて くれなくて…

ロレンス

なんという 不運な星の 巡り合わせだ

あの手紙 軽いものでは ありません
深刻な 内容が 認(したた)められて いるのです
放っておけば 大変な ことになる
ジョン修道士 バールをどこかで 手に入れて
すぐここに 持って来てくれ
ジョン
ロレンス神父 今すぐに 持って来ます （退場）
ロレンス
納骨堂へ 一人でも 行かねばならぬ
3時間 経ったなら ジュリエット 目を覚ます
このことが ロミオには
知らされてないと 分かったならば
ジュリエット このわしを 叱責するに 違いない
マンチュアにまた 手紙を書こう
ロミオ来るまで 我が私室にて 匿(かくま)おう
死人の墓に 押し込められた 可哀想な 生きる屍(しかばね)
（退場）

第3場

キャピュレット家の霊廟がある墓地

（パリス伯爵、花と松明を持った従者 登場）

パリス

　その松明を こちらに渡せ ここから離れて 待っていろ
　いや 火は消してくれ 見られると まずいから
　あそこに見える イチイの木 その下に 身を潜め
　うつろな地面に 耳を近づけ 足音に 気をつけろ
　墓を掘り 地面自体が 空洞化してるから
　聞き耳を立て 足音が したのなら
　口笛で 知らせるのだぞ
　その花を こちらへ渡せ
　命令通り やるんだぞ さあ あちらへと 行け

従者

　〈傍白〉墓地なんて こんな所に
　一人でいるの いやだなあ
　でも やってみる （身を潜める）

パリス

　香(かぐわ)しい 花の乙女の ジュリエット
　花々で あなたの眠る 新妻の
　ベッドを優しく 飾り付けよう
　ああ ベッドを覆(おお)う 装飾が 土と石とは 情けない
　夜毎に僕は 甘美な水を 捧げよう
　その水が 尽きたなら 嘆きによって 蒸溜された
　涙の雨を 降らせよう （従者が口笛を吹く）
　誰かが近づく 警告の 口笛だ
　こんな夜更けに うろつく奴は 一体誰だ?!

僕の葬儀で 真実の 愛の儀式を 妨げるとは！
おや?! 松明を 持っている？
夜の闇 しばらく僕を 隠してくれよ！ （身を潜める）

（松明とバールとレンチを持ったバルサザー、
ロミオ 登場）

ロミオ

バールとレンチを 取ってくれ この手紙 預けたぞ
朝早く 父上に これを届けて おいてくれ
灯りを渡せ それとおまえに 厳重な 命令を出す
今からは 何を聞いても 見ても絶対 近づくな
何をしようと 邪魔立てするな
この死の寝床 降りて行くのは
一つには 愛する人の 見納めと いうことだ
だが 主な理由は 彼女の指に 填(は)められた
指輪を抜いて 大切な 用件に
役立てたいと いうことなのだ
分かったら 早く行け
おまえがもしも 疑いを持ち
僕がすること 探ろうと 戻って来たら
天に誓って おまえの体 引き裂いて
この死に飢えた 墓地の上 おまえの手足 散蒔(ばらま)いてやる
時と決意は 荒らくれて 残忍だ

飢えた虎より 怒号の海より 激烈で 冷酷だから
バルサザー

すぐに去ります お邪魔など 致しません
ロミオ

それでこそ 友人だ

この金を もらって おいて 元気でな さようなら
バルサザー

〈傍白〉そうは言ったが この辺りにと 隠れていよう

あの顔付きは 只事(ただごと)でない

あの言い方に 疑念が残る （身を潜める）
ロミオ

生(せい)を食う 忌まわしい 胃袋め 死を生む子宮

この世で一番 大事な人を 呑み込んだ おまえの顎を

こじ開けて （墓をこじ開ける）

おまえに挑(いど)み 別の食べ物 押し込んでやる！
パリス

これはあの 追放された 高慢な モンタギューだ

ジュリエットの 従兄殺され その悲しさが 原因で

美しい娘(こ)は 死んだのだ

それなのに 遺体に何か 悪辣(あくらつ)な

損傷を 加えるために やって来たとは！

捕(つか)まえてやる！ （前面に出て来る）

醜悪な その仕業 止(や)めたまえ 下劣な奴だ モンタギュー

死を超えてまで 復讐するか?!

極悪非道の 悪党め！ 捕まえてやる！
おとなしく 僕に従え！ 死刑だぞ おまえなんかは
ロミオ
確かに僕は 死刑だな そのために やって来た
どうか君 自暴自棄の 人間を 挑発するな
ここから離れ この僕を そっとして おいてくれ
ここにいる 亡くなった 人達のこと 考えろ
死を怖れたり しないのか?! 頼むから 君
この僕の 怒りの炎 燃え立たせ
更なる罪を 犯させないで くれないか?!
さあ どうか ここを立ち去れ！
神に誓って 言うからな よく聞けよ
この僕は 僕より君が 大事なんだよ
ここに来たのは 君ではなくて
自分自身を 殺すため なんだから！
ここにいないで どうかどこかに 行ってくれ
生きていて この後で 狂人の 慈悲により
生き長らえたと 言えばいい
パリス
おまえなどの 嘆願を 聞く耳持たぬ
凶悪な 犯罪者とし 逮捕する
ロミオ
挑発するか?! しかたない やってやる！　（二人は闘う）
従者

大変だ！ 決闘だ！ 夜警を呼びに 行かないと　（退場）
パリス
（倒れる）ああ やられた！
もしおまえ 情け心が あるのなら
この僕を ジュリエットが 眠る傍に
寝かせては くれないか？　（死ぬ）
ロミオ
承知した そうしてやるぞ この人物の 顔を見てみる
マキューショの 親族の ご立派な
パリス伯爵 ではないか！
この僕の 気が動転 してるとき 道すがら
召使い 何かしら 言ってたが
よく注意して 聞いてなかった
確かそれ パリス伯爵 ジュリエットと
結婚式を 挙げるとか…
そんな話じゃ なかったか？
それとも そんな 夢を見たのか？
いや 気が変になり 伯爵が
ジュリエットと 言ったから そう思ったか？
ああ 君の手を 握らせてくれ
僕と一緒に 君もまた 不幸せ者の
名簿リストに 載るんだな
だが 栄誉ある 墓に埋葬 してあげましょう
墓だって？ いや 違う ランタンだ

死せる若者よ ジュリエット ここに眠って
納骨堂の 丸天井(まるてんじょう)に 明るい光を 投げかけている
死せる者 死人によって 埋葬される
(パリスを納骨堂の中に横たわらせる)
死の直前に 死にゆく者は 楽しげに なるという
看護人らは このことを 死への旅路の 稲妻と言う
ああ どうしてこれを 稲妻などと 言えるのか?
愛する君よ! 僕の妻!
芳(かんば)しい 君の息吹を 吸い取った 死神も
君に備わる 美貌(びぼう)には 手出しなど できてはいない
君は未だに 征服されて いないのだ
美の旗印 唇と 頬にまだ 赤々と はためいている
死神の 蒼白い 旗印 そこまではまだ
攻め寄せて 来ていない
血糊の付いた シーツの中に 包(くる)まれて
横たわるのは ティボルトなのか?!
君の青春 斬り裂いた 敵の手で 自らの 命を斬れば
君に対して これほどの 供養はないに 違いない
我が従兄 許してくれよ
なぜそれほども 今もまだ 美しい?
愛しい君よ ジュリエット
形なき死神が 痩せ衰えた 忌まわしい 怪物の 姿になって
この暗黒の 世界にて
愛人に する気でも あるのだろうか?

その陰謀を 防ぐため 君の傍に いてあげて
この暗黒の 宮殿を 離れはしない
ここ この場所に 僕は留まり
君の侍女 蛆虫たちと 一緒にいるよ
ああ ここを 永久(とわ)の憩いの 場としよう
この世に於いて 疲弊した 肉体を
不吉な星の 支配から 解き放つのだ
目よ！ これが見納め
腕よ！ これが最後の 抱擁だ
唇よ！ 呼吸の扉(とびら) 正当な キスにより 封印するぞ
買い占める 死神にとり 無期限の 証書だからな
さあ 来るがいい 惨(むご)くてひどい 先導役
さあ 来るがいい 不愉快な 指導者よ
おまえなど 絶望的な 海上航路の 案内人だ
波に揉(も)まれた 弱った小舟
今こそ岩に ブチ当たり 砕け散れ！ （毒薬を飲む）
ああ 正直な 薬屋だ おまえの薬 即効薬だ
このように キスをして 死んでいくのだ （死ぬ）

（墓地の反対方面からランタンとバールと
　鋤(すき)を持った修道士ロレンス 登場）

ロレンス

とんでもないな この遅い足！

今夜は何度 墓地で躓き 転びかけたか！

足が弱って きているな

そこにいるのは 一体誰だ?!

バルサザー

怪しい者じゃ ありません

神父さまを 存知上げてる 者なのですが…

ロレンス

汝(なんじ)に神の 祝福を！

なあ おまえ 昆虫や 頭蓋骨に

かすかな光 与えてる あの灯りは 何なのか？

キャピュレット家の 納骨堂の

中の灯りが 漏れてるようだ

バルサザー

その通りです 神父さまには 目を掛けて もらってる

私の主人が 中におります

ロレンス

一体それは 誰なのだ？

バルサザー

ロミオです

ロレンス

そこにいつから いるのだな？

バルサザー

半時間は 経ってます

ロレンス

納骨堂に 付いて来てくれ
バルサザー
  残念ですが それだけは できません
  主人は私が 立ち去ったと 思っています
  留まって 主人の様子 探るなら
  命はないと 威(おど)されました
ロレンス
  では ここにいろ わしが一人で 行くからな
  胸騒ぎ してきたぞ
  不幸なことが 起こってなければ いいのだが…
バルサザー
  イチイの木の この下で 眠りに落ちて いたときに
  主人が誰かと 喧嘩して
  相手の人を 殺してしまう 夢を見ました
ロレンス
  (納骨堂に近づく) ロミオ!
  ああ 大変だ! 納骨堂の 入口の 石に血糊が 付いている
  どういうことだ?! 持主のない 血だらけの剣が
  安らぎの この墓に 色を変え… (納骨堂に入る)
  ロミオ! ああ なんと! 他に誰?!
  なんとまあ⁉ パリス伯爵も! 血に染まり?!
  嘆かわしい この出来事の 罪を担うは 残酷な「時」
  それ以外には 考えられぬ
  ああ ジュリエットが 身動きをした

（ジュリエット 目を覚ます）
ジュリエット
ああ お優しい 神父さま 私の主人 どこなのですか？
私がどこで 目を覚ますのか しっかりと 覚えています
ここがその場所 なのですね
私のロミオ どこなのですか？ （奥で物音がする）
ロレンス
何かの音が 聞こえるな
ジュリエットよ 死の塒(ねぐら)から 出るのです
ここにあるのは 疫病と 人間と 関わりのない 眠りだけ
我らには 抗することの できぬ力
— 目に見えぬ 大きな力— が 計画を 狂わせた
さあ 早く 来るのです
あなたの夫は あなたの胸に 抱(いだ)かれて 死んでいる
パリス伯爵も 同様だ さあ 急ぐのだ
あなたの身 修道院の シスター達に 預けよう
質問に 答えてる 暇はない 夜警がすぐに やって来る
さあ 今すぐに ジュリエット 急ぐのだ！
（奥で物音がする） わしはもう 行かねばならぬ
ジュリエット
行ってください 私はここを 動かない
（ロレンス神父 退場）
これは何？ 愛する人の 手の中にある 杯(さかずき)は？
毒薬なのね 分かったわ

これを飲み 永久の別れを 告げたのね
ああ けちん坊 毒の全部を 飲み干して
後を追う 私には 一滴も くださらなくて…
唇に キスをしてみる
まだそこに 毒の滴(しずく)が 残ってるかも
効力のある あなたのキスで どうか私を 死なせてね
(彼にキスをする)
あなたの唇 まだ温かい

警吏1

(奥で) さあ 道案内を！ どっちの道だ？

ジュリエット

ああ 人の声だわ 早くしないと 嬉しいわ 短剣がある
(ロミオの短剣を引き抜く)
ここがあなたの 鞘(さや)なのよ　(自分の体を刺し抜く)
そこに留まり 死なせてね
(ロミオの体に折り重なるように倒れる)

(パリスの従者、夜警達 登場)

従者

ここなのですよ ほら 松明が 燃えてます

警吏1

ここの地面が 血の海だ
墓地中を 手分けして 捜すのだ

誰かいたなら 見つけ次第 逮捕しろ
(幾人かの夜警 退場)
痛ましい 光景だ 伯爵が 殺されて 横たわってる
ジュリエットさま 血を流し まだ温かい 死んだばかりだ
埋葬されて もう二日(ふつか) 経っているのに
大公さまに お知らせし キャピュレット家に 走るのだ
モンタギュー家の 人達を 起こすのだ
他(ほか)の者らは 捜索をしろ　(幾人かの夜警 退場)
この悲しみの 地面は見える
だが この痛ましい 悲しみの 原因[81] は 見えてはこない
状況調査が 不可欠だ

(バルサザー、幾人かの夜警 登場)

警吏2

ロミオさまの 召使いです 墓地で発見 したのです

警吏1

大公さまが 来られるまでは
しっかりと 身柄を確保 しておけよ

(修道士ロレンス、幾人かの夜警 登場)

81　原典 "ground"「地面」と 「原因」の二つの意味。Sh. のしゃれ。

警吏3

この修道士 体震わせ 溜め息をつき
さめざめと 泣いております
墓地の敷地の この辺りから 出て来るところ
バールと鋤を 取りあげました

警吏1

それはいかにも 怪しいな その修道士 捕まえておけ

(従者達を連れて大公 登場)

大公

朝の眠りの 最中に これほど早く
このわしを 起こすとは
一体何が 起こったのか?!

(キャピュレット夫妻、その他 登場)

キャピュレット

街頭で あんなに喚(わめ)き どうしたことか?!

キャピュレット夫人

路上では ロミオと叫ぶ 者がいて
ジュリエットとか パリスと叫ぶ 者さえも おりました
みんな揃って キャピュレット家の 納骨堂の 方角へ
大声を上げ 走り去り…

大公
　何事なのだ?! 耳をつんざく この叫び声
警吏 1
　大公さま パリス伯爵 殺害されて
　横たわって おられます
　ロミオさま 亡くなられ
　亡くなられたと 思われていた ジュリエットさま
　まだ体 温かく 今殺された ばかりです
大公
　調べて捜せ 悪質な 殺人事件 その謎を 究明致せ！
警吏 1
　この修道士 殺された ロミオの従者 それぞれが
　死人の墓を 暴(あば)くのに 最適な 道具を持って おりました
キャピュレット
　ああ 天よ！ ああ 我が妻よ！
　見るがいい わしらの娘 血を流してる
　この短剣は 収まる場所を 間違えた
　ほら モンタギューの 若者の 腰の鞘が 空いている
　娘の胸を 鞘だと思い…
キャピュレット夫人
　ああ ここにある 死の光景は 老齢の この私
　墓場は近いと 教えてくれる 警鐘なのね

（モンタギュー、その他 登場）

大公

　よく来たな モンタギュー おまえが早く 起きたのは
　おまえの息子 早くこの世を 去ったのを
　見るためと なってしまった

モンタギュー

　なんと悲しい 知らせです！ 大公さま
　妻が昨夜 亡くなりました
　息子追放 嘆き苦しみ 息が途絶えて しまったのです
　これ以上 どんな悲しみ 老齢の この私を
　鞭打つと いうのでしょうか？

大公

　これを見なさい すぐ分かる

モンタギュー

　なんという 親不孝者！
　父親を 差し置いて 先に死ぬとは 許し難いぞ

大公

　しばらくは 激怒の口を 封じるのだぞ
　不明な点が 明白に なるまでは
　まず 問題の 根源を 明らかにして
　一部始終を 吟味する
　その後で このわしは 皆(みな)の嘆きの 先頭に立つ 将軍となり
　死への行軍 先導しよう
　それまでは 我慢して 忍耐により

211

不運には 打ち勝つのだぞ
嫌疑がかかる 者達を 連れて来い

ロレンス

最大の 加害者は 私です でも 実行したのは 最小です
時と場所 考えたなら 恐ろしい殺人の 嫌疑がかかる
一番の 容疑者は 私です
ここに立ち 自分のことを 告発し 赦免をし
咎められ 弁明を させてください

大公

では 本件につき 知ってることを 直ちに申せ

ロレンス

手短に 申します 老い先短い 私ですので
長話には 耐えられません
その場所に 死んでおります ロミオは実は
ジュリエットの 夫なのです
同じ所に 死んでおります ジュリエットは
貞淑な ロミオの妻で あるのです
私が二人の 婚礼の式を 挙げました
内密に 結婚した日が ティボルトの 運命の日で
彼の死により 新婚の 花婿は この町からは 追放となり
それ故に ジュリエット 悲嘆に暮れて 泣き通し
ティボルトへの 涙では なかったのです
キャピュレットさまは ジュリエットを
涙の海から 救おうと ごり押しに

第5幕

伯爵と ご婚約 ご結婚と 急がれました
ジュリエットは 私を訪ね 困惑した 顔付で
二度目の結婚 避ける手立てを 考えてと
縋(すが)り付いて きたのです
手段なければ その場で自害 決行すると 言うのです
それで私は 自分一人で 考案した
眠り薬を ジュリエットに 与えたのです
予期した通り 薬は効果 発揮して
ジュリエットは 仮死状態に なりました
その一方で 私はロミオに 手紙を書いて
今日という日の 真夜中に
— 薬の効き目 切れる時刻に—
ジュリエット 仮の墓から 連れ出すの 助けるようにと
この手紙 託した男 修道士ジョン
疫病に 巻き込まれ 足止め食らい
昨夜私に 手紙返しに 来たのです
そこで私は ただ一人 ジュリエット 目覚める時刻に
彼女の家の 納骨堂から
彼女連れ出す 目的で 来たのです
機会を見つけ ロミオのもとに 連れて行くまで
私の小部屋に 匿(かくま)っておく つもりでした
でもここに 私が来たら
— ジュリエット 目覚めるはずの 数分前に—
時ならずして 高貴なパリス 忠実なロミオ

二人とも 死んでいました
彼女が目覚め 私は共に 外に出るよう 促(うなが)して
天の所業を 辛抱強く 耐えるようにと
説得を 試みました
そのときに 物音が 聞こえてき 怯(おび)えた私
墓の中から 飛び出しました
絶望的に なっていた ジュリエット
外に出るのを 拒絶して その後で 自刃した 様子です
これが私の 知っている すべてです
結婚のこと 彼女の乳母は
内密に していることを 知っております
私の落ち度が 原因で 不幸なことが 起こったと
判断を されるなら
この老いた 私の命 厳格な 法の下
差し出す所存で ございます

大公

あなたのことは 高徳な 人であるのは 世に知られてる
ロミオに仕えた 召使い どこにいる？
この件で 知ってることを 包み隠さず 言ってみろ

バルサザー

ジュリエットさまの 訃報のことを
お知らせに 主人のもとに 参りました
すると すぐ ロミオさま 早馬を駆け
マンチュアから この霊廟へ 来られたのです

そこで私に この手紙 お父さまに 渡すよう
お命じになり
直ちにここを 去らないと 命はないと 私を威(おど)し
一人で中に 入られました

大公

手紙を渡せ 読んでみる
夜警を呼んだ 伯爵の 従者はどこだ？
おまえの主人 どうしてここに やって来たのだ？

従者

ジュリエットさまの お墓に献花 されるため
来られたのです
近くには 来ないようにと お命じに なったので
私は少し 離れてました
その後すぐに 灯りを持った 男が一人
墓の戸を こじ開けようと したのです
それですぐ 主人と男 斬り合いを 始めたのです
それを見て 私はすぐに 夜警を呼びに 走ったのです

大公

ロミオの手紙 神父の言葉 裏書きしてる
二人の愛や 彼女の訃報
落ちぶれた 薬屋で 毒薬を 買ったこと
それを持ち 納骨堂に やって来て
ジュリエットを 抱きしめて 死ぬつもり だったのだ
敵同士(かたき)は どこにいる？

キャピュレット！ モンタギュー！
あなた達 憎しみ合った 二人の上に
天罰が 下ったのだ
あなた達の 喜びである 子供達を
殺すという 手段を用い
愛することの 大切さを 天はお示しに なったのだ
わしも同じだ あなたらの 不和のこと 大目に見たので
親族の 二人失くした 我々みんな 天罰を 受けたのだ

キャピュレット

ああ モンタギュー殿 あなたの手を 私にと
ありがたく 差し伸べられた その手こそ
ジュリエットへの 供養の手
これ以上 望むことなど 何もない

モンタギュー

いえ お許しが 頂けるなら それ以上 差しあげたいが
お嬢さまの 彫像を 純金で 建てましょう
この町が ヴェローナとして 知られる限り
愛を一途に ジュリエットさま 捧げて死んだ 彼女ほど
高い評価を 受ける像は ないでしょう

キャピュレット

それに劣らぬ 価値がある ロミオの像を
その横に 建てましょう
愛する二人 我々の 憎しみの 生け贄なのだ

大公

今日という朝 陰鬱(いんうつ)な 静けさに 包まれて
太陽も 悲しみ故に 姿を見せぬ
さあ行こう 悲しみが 溢れ来る 物語 語り尽くそう
許される者 許されて 罪受ける者 罰せられる
これほどの 悲しい話 ないだろう
それがこの『ロミオ & ジュリエット』なのである
(一同 退場)

ヴェローナにあるジュリエットの家のバルコニー
(The House of Juliet という博物館になっている。訳者撮影)

あとがき

　シェイクスピアが 37 作品の最初の『ヘンリー 6 世』（第 2 部）を書き出したのが、1591 年、それから 4 年後の 1595 年に『ロミオ & ジュリエット』は書かれている。悲劇のジャンルに入っている『タイタス・アンドロニカス』は、目を覆いたくなるような強烈で衝撃的で残忍な復讐劇で、私がイギリスで見た数多くの劇の中でも、他に追随を許さないほどショッキングな内容の作品である。全訳を目指しているからには、これは訳さざるを得ないのだが、いつ訳すのか今も躊躇している。その作品が 1593 年である。本格的な悲劇作品はこの『ロミオ & ジュリエット』が最初である。

　イギリスでは地震などは起こらないと思っていたが、乳母が語っているように実際に 1580 年代には 2 回も地震があったようである。実際に体感はしていないのだが、ロンドン滞在中に震度 1 の地震がその日にあったというニュースを 1980 年代にホテルのテレビで夜に観たことがあるが、450 年ほど前の地震はかなり揺れたように作品（イタリアの設定だが）には書かれている。

　さて、いつものことだが、シェイクスピアの作品には種本がある。イタリアで書かれていた作品がフランス語に翻訳され、それが英語に訳され『ロミウスとジュリエットの悲劇の物語』として 1562 年には詩の形で翻訳されて出版された。

シェイクスピアはこれを歴史に名を残す名作に仕上げたのである。

　日本語の翻訳で読まれている読者の方々は内容に関してなら、『ハムレット』は思索的、哲学的で少し難しいと思われることがあったとしても、すべてのシェイクスピアの作品は均等な言葉で書かれていると思っておられると推察する。訳者の私もそう思っていた。どの作品もそれぞれ私にとっては難解なのだが、この作品のマキューショの台詞にはたった3行訳すのに2時間も掛かったりと悪戦苦闘した。それなのに、その箇所が上手く訳されているのかどうか、はなはだ不安である。このマキューショという人物は早々とティボルトに殺されてしまい、登場の場面は仮面舞踏会とロミオとジュリエットの秘密の結婚式直後だけなのだが、彼の死がこの作品のすべての死の発端となっていて、また彼の台詞は放逸で取り止めがなく、セクシャルで、時として、下劣である。彼の騒々しくてワイルドな存在と対比するかのように、パリス伯爵は真摯で真面目で清潔感に溢れていて、ジュリエットに花を手向けるために訪れた墓地での夜の態度にも好感が持てる。乳母が言うように、ジュリエットの結婚相手はロミオではなく、パリス伯爵で良いのではと思ってしまうが、それでは悲劇にはならないので、作品としてはこれでいい。しかし、私は、ロミオやジュリエットだけでなく、このパリス伯爵も悲劇的な人物ではないかと思う。

　何かの本で、20世紀最高の役者であったローレンス・オ

リヴィエとジョン・ギールグットが『ロミオ＆ジュリエット』の公演で、期間を分けてロミオと（ジュリエットではなく）マキューショの役を交代で演じたと読んだことがある。

ロンドンで劇を観に行き始めていた私の若かりし頃、国立劇団の本拠地はまだオールド・ヴィック劇場で、1976年に新しくテムズ川南岸に建設された国立劇場はコンクリート造りでいかにも殺風景でイギリス人には不評だったが、ローレンス・オリヴィエも亡くなって、『ハムレット』や『オセロ』、その他の劇に出演している彼はもう私には映像でしか観ることができなくなってしまっていた。幸運にも、ジョン・ギールグットは96歳という長寿を全うして亡くなったが、彼の最後の舞台『最高の友達』（*The Best of Friends*）— 私が当時大好きだったバーナード・ショーという劇作家らの友情物語だったように記憶している— をウエスト・エンドで観る機会があった。

1970年代や80年代は、一番安い席は「upper circle」と呼ばれる3階席、もっと安い席は立ち見（席？）であった。日本でなら考えられないことだが、1列目の座席がその3階席と同じ最低料金だったので、有名な役者を至近距離でよく観ることができた（映画『アラビアのロレンス』で主役を演じた神経質で舞台恐怖症？のピーター・オトゥールなどはマクベス役のときなど彼の吐く息から酒臭い匂いがプーンと漂ってきたり、場内禁煙なのに役者が舞台上で吸うタバコの煙が嫌煙者の私の方に流れてきたので、その煙を払いのけている

姿にそのタバコを吸っていた役者が反応したりと…)。
　ところが、80年代の後半になると、1階の1列目の席も3、4列目と同じ最高額の席になる劇場が増えてきて、最安値の席でしか見ることができない貧しい私は、今、話したギールグッドを「見」に行っているのにもかかわらず、邪魔な柱と舞台上ではもう歩き回ることができなくなっていたギールグッドは椅子に座ったまま、その位置が柱の向こうであるし、柱がなくてもその最安値の席は舞台が2/3ほどしか見えないのに、ギールグッドはその1/3の見えない箇所に座ったままで、彼の流れるような美しい英語の口調は聞こえていたのだが、見えたのはたった15秒ぐらいのカーテンが降りる直前の拍手喝采の時だけだった。
　いつもの通り、また話が脱線してしまったが、14歳にもなっていない、ジュリエットが現代の活動的で自己主張の強い女性と同じであるのに驚かされる。プロローグにも書かれてあるが、"star-crossed lovers"（不幸な星の下に生まれた恋人達）が繰り広げる悲劇をご堪能頂けたなら幸いである。

ジュリエット役
(メアリー・アンダースン)

著者略歴

今西 薫
京都市生まれ。関西学院大学法学部政治学科卒業、同志社大学英文学部前期博士課程修了（修士）、イギリス・アイルランド演劇専攻。元京都学園大学教授。

著書
『21世紀に向かう英国演劇』（エスト出版）
『*The Irish Dramatic Movement: The Early Stages*』（山口書店）
『*New Haiku: Fusion of Poetry*』（風詠社）
『*Short Stories for Children by Mimei Ogawa*』（山口書店）
『*The Rocking-Horse Winner & Monkey Nuts*』（あぽろん社）
『*The Secret of Jack's Success*』（エスト出版）
『*The Black Cat*』〔Retold 版〕（美誠社）
『*The Importance of Being Earnest*』〔Retold 版〕（中央図書）
『イギリスを旅する35章（共著）』（明石書店）
『表象と生のはざまで（共著）』（南雲堂）
『詩集 流れゆく雲に想いを描いて』（風詠社）
『フランダースの犬、ニュルンベルクのストーブ』（ブックウェイ）
『心をつなぐ童話集』（風詠社）
『恐ろしくおもしろい物語集』（風詠社）
『小川未明＆今西薫童話集』（ブックウェイ）
『なぞなぞ童話・エッセイ集（心優しき人への贈物）』（ブックウェイ）
『この世に生きて　静枝ものがたり』（ブックウェイ）
『フュージョン・詩＆俳句集 ―訣れのPoetry ―』（ブックウェイ）
『アイルランド紀行 ―ずっこけ見聞録―』（ブックウェイ）
『果てしない海 ―旅の終焉―』（ブックウェイ）
『J. M. シング戯曲集 *The Collected Plays of J. M. Synge* (*in Japanese*)』（ブ

ックウェイ)
『社会に物申す』純晶也［筆名］(風詠社)
『徒然なるままに ―老人の老人による老人のための随筆―』(ブックウェイ)
『「かもめ」＆「ワーニャ伯父さん」―現代語訳チェーホフ四大劇Ⅰ―』(ブックウェイ)
『New マジメが肝心 ―オスカー・ワイルド日本語訳―』(ブックウェイ)
『ヴェニスの商人』―七五調訳シェイクスピアシリーズ〈1〉―(ブックウェイ)
『マクベス』―七五調訳シェイクスピアシリーズ〈2〉―(風詠社)
『リア王』―七五調訳シェイクスピアシリーズ〈3〉―(風詠社)
『テンペスト』―七五調訳シェイクスピアシリーズ〈4〉―(風詠社)
『ちっちゃな詩集 ☆魔法の言葉☆』(風詠社)
『ハムレット』―七五調訳シェイクスピアシリーズ〈5〉―(風詠社)
『ジュリアス・シーザー』―七五調訳シェイクスピアシリーズ〈6〉―(風詠社)
『オセロ ―ヴェニスのムーア人―』―七五調訳シェイクスピアシリーズ〈7〉―(風詠社)
『間違いの喜劇』―七五調訳シェイクスピアシリーズ〈8〉―(風詠社)
『十二夜』―七五調訳シェイクスピアシリーズ〈9〉―(風詠社)
『(真)夏の夜の夢』―七五調訳シェイクスピアシリーズ〈10〉―(風詠社)
『シェイクスピア New 四大悲劇』―マクベス／リア王／ハムレット／オセロ―(風詠社)

＊表紙にあるシェイクスピアの肖像画および本文中のロミオとジュリエットの写真は、Collin's Clear-Type Press（1892年に設立されたスコットランドの出版社）から発行された *The Complete Works of William Shakespeare* に掲載されたものを使用していますが、作者不明のため肖像画掲載に関する許可をいただいていません。ご存知の方がおられましたら、情報をお寄せください。

『ロミオ＆ジュリエット』
七五調訳シェイクスピアシリーズ〈11〉

2025年4月6日　第1刷発行

著　者	今西　薫	
発行人	大杉　剛	
発行所	株式会社 風詠社	
	〒553-0001　大阪市福島区海老江5-2-2 大拓ビル5-7階	
	TEL 06（6136）8657　https://fueisha.com/	
発売元	株式会社 星雲社（共同出版社・流通責任出版社）	
	〒112-0005　東京都文京区水道1-3-30	
	TEL 03（3868）3275	
印刷・製本	小野高速印刷株式会社	

©Kaoru Imanishi 2025, Printed in Japan.
ISBN978-4-434-35375-8 C0097
乱丁・落丁本は風詠社宛にお送りください。お取り替えいたします。